诗话地质

SHIHUA DIZHI

陈飞 ⊙ 著

中南大学出版社
www.csupress.com.cn
·长沙·

序

"暮去朝来淘不住，遂令东海变桑田。"地球穿过 46 亿年的演化长河，发生了巨大变化。地质工作在认识自然和改造自然、满足人类物质生产和生活需要方面有着重要意义，在我国国民经济建设方面具有重要的地位和作用。

"以献身地质事业为荣、以艰苦奋斗为荣、以找矿立功为荣"的"三光荣"精神，激励和指引着一代代地质人，投身地质事业，谱写时代华章。进入新时代，地质服务领域更加宽广，"责任、创新、合作、奉献、清廉"成为新时期地质工作者核心价值观，地质文化也在不断创新发展。

中华诗词之美是一种综合性的美，它融合了语言、意境、情感、文化和艺术等多个方面。在品味诗词的过程中，我们能够感受到一种超越物质的精神享受，更加深刻地理解和感悟人生的真谛。中华优秀诗词文化的精华既要得到传承，又要结合新时代不断升华。

地质和诗的碰撞会激起怎样的浪花呢？大学工科的课堂是怎样的？《诗话地质》这本书就是其中的一朵有趣、有情、有心的小浪花，让我们看到一个不一样的工科课堂。

陈飞教授，工科博士，长期从事地质工程专业的教学和科研工作，也是一位诗词爱好者。曾经从事 18 年地质工程的施工、技术和管理工作，2010 年 7 月从教以来，潜心耕耘三尺讲坛，传承中华优秀传统文化。

《诗话地质》内容丰富，有对"地质灾害防治""岩土工程勘察""岩土支挡与锚固工程"三门课进行课堂小结的藏头诗，让工科的课堂也充满人文气息；有记录教改教研活动、育人活动和师生情谊的诗词，字里行间充满着对教育事业的热爱。

诗以言志。《岩土勘察 工程先锋》："岩峰竞秀工笔绣，土承地载程门才。勘探求真先辈志，察明秋毫锋砺来。"希望同学们弘扬爱国主义精神，树立法治意识，提升社会责任感和使命感，立报国志，敬业奉献、拼搏进取。《岩土工程　创新发展》："岩居谷饮创业艰，土水测试新技研。工勘精准发凡例，程校地基展欢颜。"激励同学们发扬艰苦奋斗精神，不断创新，为勘察事业的发展添砖加瓦。《工程测绘　责任为先》："工善其事责利器，澄源正本任务艰。测渊寸指为非望，绘影绘声先锋兼。"工程地质测绘是勘察时最先开展的工作，需要具备全局观，发扬钻研精神，特别是要有高度的责任心。

诗以记事。《地面沉降　主因抽水》："地坼天崩主凶狂，面授机宜因应强。沉几观变抽丝茧，降龙伏虎水位涨。"地面沉降地质灾害形成的主要原因是大量抽取地下水，因此科学规划地下水管理工作，能预防地面沉降地质灾害。《山坡防护　固源强本》："山砠水崖固结土，坡垄泥流源头阻。防微杜衅强治理，护呵万家本心属。"做好水土保持和山坡防护工作，减少泥石流物源来源，能有效预防泥石流灾害的发生。

诗以叙怀。《学生成长　家国未来》："学行修明家荣光，生气蓬勃国栋梁。成才报国未忘志，长风劲帆来日煌。"学生的成长关系到学生个人的成长、家庭的希望，更关系到国家的发展。《教书育人　千秋大业》："教学相长千里行，书功竹帛秋色吟。育苗成林大步越，人尽其才业精勤。"高校坚持立德树人，承载着为党育人、为国育才的光荣使命，人才培养是千秋大业。《二三同学　鹏程万里》："二龙腾飞鹏途翔，三生有幸程门强。同育桃李万卷策，学以致用里程祥。"这是老师对学生的深情厚谊和美好祝福。

"潮平两岸阔，风正一帆悬。"地质工作是有情怀的，诗是有情怀的，教育工作更是有情怀的。

希望《诗话地质》这本书能得到大家的喜爱，能为我们的理工科教育和人文教育的融合添砖加瓦。

何继善

中国工程院院士

2024 年 12 月

前 言

2014 年 10 月 15 日，习近平总书记在文艺工作座谈会上指出："中华优秀传统文化是中华民族的精神命脉，是涵养社会主义核心价值观的重要源泉，也是我们在世界文化激荡中站稳脚跟的坚实根基""我们要结合新的时代条件传承和弘扬中华优秀传统文化，传承和弘扬中华美学精神。"

中国诗词是中华民族悠久文化的瑰宝，是中华文化的象征和文化符号，是中华古典的精华，承载了丰富的历史信息、深刻的哲理思考和细腻的情感表达，蕴含着千年文化的精髓，具有丰富的内涵和深远的意义。

在浩瀚的中国诗词长河中，有一种诗体，它巧妙地将字句编织成网，每一行都藏着秘密的线索，引领着读者穿梭于意象与情感之间，这便是藏头诗。藏头诗的历史渊源可以追溯到先秦时期，到了唐代，藏头诗达到了一个新的高度。随着时间的推移，藏头诗逐渐演变成了一种独立的诗歌形式，在宋代达到了巅峰。宋代的藏头诗以其严谨的格律和优美的语言风格，成为中国诗歌史上的一大珍品。

藏头诗属于一种特殊的诗歌形式，它并不直接对应于传统的诗歌分类(如古体诗、近体诗等)，而是根据其创作手法来定义的。藏头诗的形式丰富多样，主要包括首藏、中藏、斜藏、多藏和藏头拆字。

首藏是所说之事分藏于诗句之首。如本书第二篇"'岩土工程勘察'课程课堂小结"中的藏头诗《勘察绪论》："勘覆唯实重担挑，察今知古勤学早。绪行既卓忘辱宠，论德使能报国豪。"每句首字连起来就是诗名"勘察绪论"。

中藏也称嵌字诗，是将所要藏的字藏在诗句的中间位置，而非句首。

斜藏诗是按照一定的斜线方向来隐藏特定的字。例如，第一行取第一字，第二行取第二字，以此类推，形成斜向的隐藏字句。

多藏是在一首诗中同时隐藏多个指定的词语或句子，增加了创作的复杂性和趣味性。如本书第一篇"'地质灾害防治'课程课堂小结"中的藏头诗《沟道治理　防洪拦砂》："沟深垒高防泥流，道在人为洪害愁。

治兵振旅拦截净，理算挡坝砂源头。"每句第一个字连起来是"沟道治理"，每句第五个字连起来是"防洪拦砂"。

藏头拆字诗将诗句头一字暗藏于上句的末一字中，如白居易的《游紫霄宫》中的诗句就运用了这种手法。

从2010年开始从事教育教学工作以来，笔者一直坚持在每次课的课间在黑板上为同学们默写一首古诗词或写一句励志名言。2019年开始，笔者在上专业课时创作藏头诗作为课程小结，根据专业知识点引用古诗词，结合国家重大工程等案例，融入社会主义核心价值观和中国特色社会主义"四个自信"教育，激发同学们怀爱国情、立报国志，使同学们受到中华优秀传统文化的教育。

近年来，笔者共创作了100首作为课程小结的藏头诗，其中"岩土工程勘察"课程54首，"地质灾害防治"课程26首，"岩土支挡与锚固工程"课程20首。这些藏头诗是对专业知识的小结，增强了同学们对诗词的热爱，提高了文学鉴赏能力和审美能力。这些作为课堂小结的藏头诗是课堂的重点、难点、要点或同学们感兴趣的知识点。

本书共分五篇，共收录了184首诗词，其中藏头诗180首(包括课堂小结藏头诗100首)、一字至七字诗4首、四言等诗2首、词1首。第一篇"'地质灾害防治'课程课堂小结"，共有26首诗，是作为"地质灾害防治"课程课堂小结的藏头诗。第二篇"'岩土工程勘察'课程课堂小结"，共有54首诗，是作为"岩土工程勘察"课程课堂小结的藏头诗。第三篇"'岩土支挡与锚固工程'课程课堂小结"，共有20首诗，是作为"岩土支挡与锚固工程"课程课堂小结的藏头诗。第四篇"教学教研"，主要是关于教学教研活动等的藏头诗，共有42首诗，其中藏头诗41首、四言诗1首。第五篇"师生情谊"，共有42首诗词，其中藏头诗36首、一字至七字诗4首、绝句1首、词1首，主要是笔者写给老师、学生以及关于参加各种活动的藏头诗。这部藏头诗集，也是笔者近年教育教学工作的一个小结，它汇聚了笔者对教育事业的热爱，对美好生活的感悟，对师生情谊的珍惜。本书的出版得到了江西理工大学的大力支持和帮助，在此表示衷心的感谢。

由于笔者水平有限，书中不当之处，敬请读者批评指正。

陈飞

2024年8月

目 录

第二篇 "岩土工程勘察"课程课堂小结

第三篇 "岩土支挡与锚固工程"课程课堂小结

第四篇　教改教研

第五篇 师生情谊

第一篇

"地质灾害防治"
课程课堂小结

1

地质灾害　防治结合

2020 年 2 月 22 日

地阔天长①防灾郎，

质疑辨惑②治理专。

灾难化解③结百叶，

害群④转安合家欢。

注释：

①地阔天长：大地辽阔，天空广阔。唐·李华《吊古战场文》："地阔天长，不知归路。"

②质疑辨惑：提出疑问，请人解答并加以研究、辨析。明·朱衡《道南源委》卷三："(张彦清)初从朱子游，得其大旨，后与李公吕质疑辨惑，造诣益深。"

③灾难化解：通过一定的方法或措施来避免可能发生的灾难性事件或减轻其影响。

④害群：比喻危害集体的人。北朝·魏收《魏书·高句丽传》："卿宜宣朕旨于卿主，务尽威怀之略，揃披害群，辑宁东裔，使二邑还复旧墟，土毛无失常贡也。"

后记：

此诗作为"地质灾害防治"课程之"绪论"的课堂小结。

2

气候变化　地灾诱因

2020 年 2 月 28 日

气象万千①地辽广，
候风②云乌灾难防。
变拙成巧③诱谲④识，
化险为夷因势想。

注释：

①气象万千：形容景色、事物变化多姿，非常壮观。气象：景象；情景。万千：形容数量极多。宋·范仲淹《岳阳楼记》："朝晖夕阴，气象万千。"

②候风：观测风向。汉·刘安等《淮南子·齐俗训》："辟若伣之见风也。"汉·高诱注："伣，候风者也。"

③变拙成巧：本想卖弄聪明，做得好些，结果却做了蠢事或把事情弄糟。宋·黄庭坚《拙轩颂》："弄巧成拙，为蛇添足。"

④诱谲：诱惑、谲诈之计。

后记：

此诗作为"地质灾害防治"课程之"第一章　我国地质灾害的基本概况"中"第一节　中国地质灾害类型及分布特征"的课堂小结。

3

灾害无情　人间有爱

2020 年 3 月 3 日

2008 年 8 月 8 日，甘肃省舟曲县城区及上游村庄遭受特大山洪泥石流灾害，全国人民万众一心、众志成城，抢险救灾。

灾情突发人危难，
害祸泥流①间歇短。
无畏抗险有军民，
情逾骨肉②爱四方。

注释：

①泥流：指泥石流，山坡上大量泥沙、石块等经山洪冲击而形成的突发性急流。泥石流对建筑物、公路、铁路、农田等有很大破坏作用。

②情逾骨肉：形容感情极其深厚。明·汤显祖《寄李季宣》："弟于兄交虽道义，情逾骨肉。废弃十余年，始得一通问，可谓有人心乎?"

后记：

此诗作为"地质灾害防治"课程之"第一章　我国地质灾害的基本概况"中的"第二节　我国地质灾害及防治"的课堂小结。

4

地灾内涵　属性特征

2020 年 3 月 6 日

地崩山摧①属虑长，
灾患猖狂性攸关②。
内外夹攻③特至效，
涵泳优游④征敌顽。

注释：

①地崩山摧：土地崩裂，山岭倒塌。多形容巨大的变故。唐·李白《蜀道难》："地崩山摧壮士死，然后天梯石栈相钩连。"

②性攸关：形容事关重大，非常紧要。攸：所。

③内外夹攻：从里、外两方面配合同时进攻。夹攻：从两方面同时进攻。元·郑廷玉《楚昭公》第一折："那其间内外夹攻，方能取胜。"

④涵泳优游：指对某种道理从容而细心地去体味。涵泳：细心体会。优游：从容不迫的样子。《论语·为政》："七十而从心所欲，不逾矩。"朱熹集注引胡氏曰："圣人言此，一以示学者当优游涵泳，不可躐等而进；二以示学者当日就月将，不可半途而废也。"

后记：

此诗作为"地质灾害防治"课程之"第二章　地质灾害评估与减灾对策"中"第一节　地质灾害的内涵及灾害地质学"的课堂小结。

5

防治工程　投资效益

2020 年 3 月 10 日

防患未萌①投袂起，
治灾勿虑资财②稀。
工于心计③效捷旅，
程择④良策益解题。

注释：

①防患未萌：防止祸患于未发生之前。防患：防止祸患。未萌：指事情发生以前。清·黄彭年《代刘蓉函件》之一："大局所关，防患未萌，当局必有远虑。"

②资财：资金和物资；财物。《管子·轻重丁》："功臣之家皆争发其积藏，出其资财，以予其远近兄弟。"

③工于心计：擅长用心谋划。工：擅长。高阳《胡雪岩全传——平步青云》(下册)："那分筒执事，工于心计，而且日夕从事，对于这上面的舞弊，精到极点。"

④程择：简择；挑选。汉·张衡《西京赋》："程巧致功，期不陁陊。"三国·吴·薛综注："言皆程择好匠，令尽致其功夫，既牢又固，不倾陊也。"

后记：

此诗作为"地质灾害防治"课程之"第二章 地质灾害评估与减灾对策"中"第二节 地质灾害灾情评估与减灾效益分析"的课堂小结。

6

监测预报　减灾良策

2020 年 3 月 13 日

> 监市履狶①减风险，
> 测探位移灾变②中。
> 预兆早知良方备，
> 报捷平安策望③松。

注释：

①监市履狶：善于体察事物。《庄子·知北游》："正获之问于监市履狶也，每下愈况。"王先谦集解引李颐曰："夫市魁履豕，履其股脚狶难肥处，故知豕肥耳。"后以"监市履狶"喻善于体察事物。

②灾变：因自然现象反常而引起的灾害。明·吴承恩《开府介川毛公德政颂(有序)》："嗟哉近岁，爰敎爰涧。灾变频仍，戎旅绎骚。"

③策望：策应，守望。《水浒传》第四十五回："若买得这等一个时，一者得他外面策望，二乃不教你失了晓。"

后记：

此诗作为"地质灾害防治"课程之"第二章　地质灾害评估与减灾对策"中"第三节　地质灾害减灾对策"的课堂小结。

7

活动构造　地震源头

2020 年 3 月 16 日

活跃断层①地撼天，
动魄惊心②震万年。
构祸人间源难找，
造筑③强基头功延。

注释：

①断层：指由于地壳的变动而使岩层发生断裂，并沿断裂面发生相对位移的构造。

②动魄惊心：使人神魂震惊。南朝·梁·钟嵘《诗品》卷上："文温以丽，意悲而远。惊心动魄，可谓几乎一字千金！"

③造筑：建造；建筑。南朝·梁·沈约《宋书·武帝纪上》："加以士庶疲于转输，文武困于造筑。"

后记：

此诗作为"地质灾害防治"课程之"第三章 地震及减灾技术"中"第一节 地震与地震活动"的课堂小结。

8

全面防御　突出重点

2020 年 3 月 16 日

全身远害突兵①起，
面面俱到②出策奇。
防微虑远③重规划，
御捍震灾点草④宜。

注释：

①突兵：骤然进攻的军队。西周·姜子牙《六韬·突战》："武王问太公，曰：'敌人深入长驱，侵掠我地，驱我牛马。其三军大至，薄我城下。吾士卒大恐，人民系累，为敌所虏。吾欲以守则固，以战则胜，为之奈何？'太公曰：'如此者，谓之突兵。'……"

②面面俱到：各个方面都照顾到，十分周全。清·李宝嘉《官场现形记》第五十七回："他八股做得精通，自然办起事来亦就面面俱到了。"

③防微虑远：指在错误或坏事刚露头的时候，就加以防止，并考虑长远的计策。防：戒备，预先做好应急的准备。微：细小，指事物的苗头。唐·郑亚《太尉卫公会昌一品制集序》："由是洞启宸衷，大破群议，运筹制胜，举无遗策。防微虑远，必契神机，授钺之臣，服膺承命。"

④点草：指建筑设计图。

后记：

此诗作为"地质灾害防治"课程之"第三章 地震及减灾技术"中"第二节 减轻地震灾害的对策"的课堂小结。

9

保地下水　防地裂缝

2020 年 3 月 20 日

保盈持泰①防微澜，

地平天成②地势宽。

下马观花③裂隙状，

水落归槽④缝无双。

注释：

①保盈持泰：指保持安定兴盛的局面。清·张廷玉等《明史·孝宗本纪》："孝宗独能恭俭有制，勤政爱民，兢兢于保泰持盈之道，用使朝序清宁，民物康阜。"

②地平天成：形容天下太平，一切就绪。比喻上下相称，万事安贴。《尚书·大禹谟》："地平天成，六府三事允治，万世永赖，时乃功。"

③下马观花：从马背上跳下来，走到花跟前仔细看。比喻停下来，深入实际，认真调查研究。毛泽东《在鲁迅艺术学院的讲话》："俗话说：'走马看花不如驻马看花，驻马看花不如下马看花。'我希望你们都要下马看花。"

④水落归槽：四溢的洪水流入了河槽。比喻一心惦记着的事有了着落。清·刘鹗《老残游记》第十回："转眼就是腊月，水落归槽，河工也就合龙。"

后记：

此诗作为"地质灾害防治"课程之"第四章 地裂隙、地面塌陷与地面沉降"中"第一节 地裂隙"的课堂小结。

10

地面塌陷　岩溶易发

2020 年 3 月 24 日

地北天南①岩类多，
面壁功深溶学卓。
塌心②研究易沉地，
陷裂③防治发凯歌。

注释：

①地北天南：一在地之北，一在天之南。形容地区各不相同。也形容距离极远。汉·蔡琰《胡笳十八拍》："为天有眼何不见我独漂流，为神有灵兮何事处我天南海北头。"

②塌心：心情安定。浩然《艳阳天》第二十五章："说一声，我就塌心了啊！"

③陷裂：陷落坼裂。南朝·宋·范晔《后汉书·顺帝本纪》："三年春正月丙子，京师地震，汉阳地陷裂。"

后记：

此诗作为"地质灾害防治"课程之"第四章 地裂隙、地面塌陷与地面沉降"中"第二节 地面塌陷"的课堂小结。

11

地面沉降　主因抽水

2020 年 3 月 27 日

地坼天崩①主凶狂，
面授机宜②因应③强。
沉几观变④抽丝茧，
降龙伏虎⑤水位涨。

注释：

①地坼天崩：地裂开，天崩塌。原指地震，后多比喻重大变故。坼：开裂。《战国策·赵策三》："天崩地坼，天子下席。"

②面授机宜：当面指示处理事务的方针、办法等。清·李宝嘉《官场现形记》第十六回："经臣遴委得候补道胡统领，统带水陆各军，面授机宜，督师往剿，幸而士卒用命，得以一扫而平。"

③因应：谓因其所遇而应之，有随机应变之意。汉·司马迁《史记·老子韩非列传》："老子所贵道，虚无，因应变化于无为，故著书辞称微妙难识。"

④沉几观变：冷静观察事物，随机应变。几：事物变化前的前兆。蔡东藩、许廑父《民国通俗演义》第二回："沉几观变，前事可师。"

⑤降龙伏虎：使龙虎降服驯顺。比喻本事极大，能战胜重大困难或恶势力。南朝·梁·慧皎《高僧传》卷十："能以秘咒咒下神龙。"

后记：

此诗作为"地质灾害防治"课程之"第四章 地裂隙、地面塌陷与地面沉降"中"第三节 地面沉降"的课堂小结。

12

泥流特性　综合分类

2020 年 3 月 31 日

泥砂水气综名词，
流行坎止①合为稀。
特立独行②分条理③，
性命交关④类求实。

注释：

①流行坎止：谓顺流而行，遇险即止。比喻顺利时就行动(出仕)，遇到坎坷或挫折就停止(退隐)。坎：低陷不平。宋·陈著《代族侄孙栋聘张氏札》："赋庚寅如灵均叟众醉独醒，书甲子如渊明翁流行坎止。"

②特立独行：立身和行事不同于流俗。形容情操高尚，志趣纯正，不随波逐流。也泛指特殊的，与众不同的。《礼记·儒行》："其特立独行有如此者。"

③条理：思想、言语、文字的层次；生活、工作的秩序。《孟子·万章下》："集大成也者，金声而玉振之也。金声也者，始条理也；玉振之也者，终条理也。始条理者，智之事也；终条理者，圣之事也。"

④性命交关：关系到人的生命。形容事关重大，非常紧要。交：相错，接合。关：重要的转折点，不易度过的时机。清·张春帆《宦海》第十一回："这个性命交关的事情，不是可以试得的。"

后记：

此诗作为"地质灾害防治"课程之"第五章 泥石流"中"第一节 泥石流特性与成因"的课堂小结。

13

泥流物性　勘察重点

2020 年 3 月 31 日

泥石流沟①勘现状，
流量速度察过往。
物事全非②重细化③，
性相④详观点睛强。

注释：

①泥石流沟：运动和堆积均在一条比较完整的沟谷中进行。

②物事全非：不论人或事都全部发生巨大改变，并且不可扭转。三国魏·曹丕《与朝歌令吴质书》："节同时异，物是人非，我劳如何！"

③细化：深入每一个细微环节的管理，包括管理思维的缜密、管理内容的精细设计、管理过程的精细操作。

④性相：佛教语。性：指事物的本质。相：指事物的表象。

后记：

此诗作为"地质灾害防治"课程之"第五章　泥石流"中"第二节　泥石流场地勘察"的课堂小结。

14

深沟暴雨　灾害易发

2020 年 4 月 3 日

深渊薄冰①灾殃堤，

沟壑纵横②害涧溪。

暴虎冯河③易履舟，

雨瀑流泉发意④奇。

注释：

①深渊薄冰：面对着深邃的泉流，脚踏着极薄的冰层。比喻处境危险，心存戒惧。《诗经·小雅·小旻》："战战兢兢，如临深渊，如履薄冰。"

②沟壑纵横：山沟互相交错。

③暴虎冯河：不用车而空手打虎，不用船而徒步过河。比喻冒险行事，有勇无谋。也比喻勇猛果敢。暴虎：空手和老虎搏斗。冯河：徒步涉水渡河。《诗经·小雅·小旻》："不敢暴虎，不敢冯河。人知其一，莫知其他。"

④发意：产生某种意念，表现心意。晋·道安《道行般若波罗蜜经序》："从始发意，逮一切智曲成决，著八地无染，谓之智也。"

后记：

此诗作为"地质灾害防治"课程之"第五章 泥石流"中"第三节 泥石流危险性评估"的课堂小结。

15

山坡防护　固源强本

2020 年 4 月 3 日

山砠①水崖固结土，
坡垄②泥流源头阻。
防微杜衅③强治理，
护呵万家本心属。

注释：

①山砠：石山。砠：有土的石山。宋·欧阳修《张子野墓志铭》："山砠水崖，穷居独游，思从囊人，邈不可得。"

②坡垄：丘陵。宋·苏轼《辛丑十一月十九日既与子由别于郑州西门之外马上赋诗一篇寄之》："登高回首坡垄隔，惟见乌帽出复没。苦寒念尔衣裘薄，独骑瘦马踏残月。"

③防微杜衅：犹言防微杜渐。明·张居正《答上师相徐存斋(十九)》："往奉台翰，怜不肖之愚忠，教以防微杜衅，慎自持爱。"

后记：

此诗作为"地质灾害防治"课程之"第五章　泥石流"中"第四节　泥石流场地山坡防护工程"的课堂小结。

16

沟道治理　防洪拦砂

2020 年 4 月 7 日

沟深垒高防泥流，
道在人为^①洪害愁。
治兵振旅^②拦截净，
理算^③挡坝砂源头。

注释：

①道在人为：犹言事在人为。《金瓶梅词话》第三十一回："净云：不打紧，道在人为，你见那里又一位王勃殿试来了。"

②治兵振旅：训练军队，振奋士气。《国语·晋语五》："乃使旁告于诸侯，治兵振旅，鸣钟鼓，以至于宋。"

③理算：治理；署理。明·宋濂等《元史·世祖本纪》："召江淮行省参知政事忻都赴阙，以户部尚书王巨济专理算江淮省。"

后记：

此诗作为"地质灾害防治"课程之"第五章　泥石流"中"第五节　泥石流场地沟道治理工程"的课堂小结。

17

边坡失稳　剪切破坏

2020 年 4 月 10 日

边极土抗剪强降，
坡角①增大切力②上。
失枝脱节③破坚土，
稳固难保坏山场。

注释：

①坡角：坡面与水平面的夹角叫作坡角。

②切力：物体在运动过程中所受到的切向力。这种力作用于物体的切线方向，与另一个沿法线方向的力相对。

③失枝脱节：失去配合，脱失联系。比喻照应不周而造成失误或差错。枝：同"支"，支持，配合。脱节：事物失掉联系；不相衔接。宋·陆九渊《象山语录》："要常践道，践道则精明。一不践道，便不精明，便失枝落节。"

后记：

此诗作为"地质灾害防治"课程之"第六章　滑坡"中"第一节　边坡工程概述"的课堂小结。

18

滑坡分类　结合要素

2020 年 4 月 10 日

滑土崩坚结茅[①]摧，

坡陇如涛[②]合刃[③]飞，

分进合击要厄[④]握，

类聚群分[⑤]素采晖。

注释：

①结茅：亦作"结茆"。编茅为屋。谓建造简陋的屋舍。

②坡陇如涛：高低不平的坡地如同起伏的波涛。宋·陆游《万里桥江上习射》："坡陇如涛东北倾，胡床看射及春晴。"

③合刃：交锋。《汉书·晁错传》："臣又闻用兵，临战合刃之急者三：一曰得地形，二曰卒服习，三曰器用利。"颜师古注："合刃，谓交兵。"

④要厄：要隘。汉·班固《弈旨》："要厄相劫，割地取偿，苏张之资。"

⑤类聚群分：各种方术因种类相同而聚合，各种事物因类别不同而区分。类聚：谓将同类的事物汇聚在一起。群分：按类区分。宋·陈亮《问答》："方天地设位之初，类聚群分，以戴其尤能者为之长君。"

后记：

此诗作为"地质灾害防治"课程之"第六章 滑坡"中"第二节 滑坡分类与成因"的课堂小结。

19

印江岩口　天下奇观

2020 年 4 月 13 日

印取朗溪①天险秋，

江塞浪涌下截流②。

岩堆成坝奇妙计，

口是心苗③观江洲。

注释：

①朗溪：指郎溪县，北宋端拱元年(988)置县，古称建平。

②截流：在水道中截断水流，以提高水位或改变水流的方向。

③口是心苗：犹言为心声。言语是思想的反映，从一个人的话里可以知道他的思想感情。苗：指事情的因由、端倪或略微显露的迹象。元·白朴《梧桐雨》第四折："淡氤氲串烟枭，昏惨剌银灯照。玉漏迢迢，才是初更报。暗觑清宵，盼梦里他来到。却不道口是心苗，不住的频频叫。"

后记：

此诗作为"地质灾害防治"课程之"第六章　滑坡"中"第三节　滑坡危险性评估"的课堂小结。

20

滑坡推力　稳定计算

2020 年 4 月 15 日

滑动土体①稳定差，
坡面裂隙定分茶。
推本溯源②计谋策，
力挽狂澜③算法佳。

注释：

①滑动土体：在斜坡上滑落的块体，它沿弧面滑动并呈旋转运动。

②推本溯源：探索根源，寻找原因。明·程敏政《庆封翰林侍读学士成斋李先生暨其配宜人徐氏序》："推本溯源，恩典有加，而先生夫妇德善之素，又足迓承焉。"

③力挽狂澜：阻止异端邪说的泛滥。比喻竭尽全力去挽回十分险恶的局面。挽：设法使局势好转或恢复原状。狂澜：汹涌的大浪，比喻异端邪说横行。唐·韩愈《进学解》："障百川而东之，回狂澜于既倒。"

后记：

此诗作为"地质灾害防治"课程之"第六章 滑坡"中"第四节 滑坡推力与稳定性分析"的课堂小结。

21

抗滑设计　善选参数

2020 年 4 月 17 日

抗力千钧①善谋划，

滑带②强度选最佳。

设身处地③参照物，

计算准确数新芽。

注释：

①千钧：常用来形容器物之重或力量之大。钧：三十斤。《商君书·错法》："乌获举千钧之重，而不能以多力易人。"

②滑带：滑坡体下滑的界面。

③设身处地：把自己放在别人所处的地位上考虑。指替别人着想。《中庸》："敬大臣也，体群臣也。"朱熹注："体，谓设以身处其地而察其心也。"

后记：

此诗作为"地质灾害防治"课程之"第六章　滑坡"中"第五节　抗滑桩设计与计算"的课堂小结。

22

锚固深度　抗滑关键

2020 年 4 月 21 日

锚杆[①]灌浆抗拔强，
固若金汤[②]滑面凉。
深中肯綮[③]关落闩，
度长絜大[④]键控双。

注释：

①锚杆：当代煤矿当中巷道支护的最基本的组成部分，它将巷道的围岩加固在一起，使围岩自身支护自身。

②固若金汤：坚固得像金属铸成的城墙和防守严密的护城河。形容城防非常严密。汤：汤池，指防守严密的护城河。汉·班固《汉书·蒯伍江息夫传》："范阳令先降而身死，必将婴城固守，皆为金城汤池，不可攻也。"

③深中肯綮：比喻分析问题深刻，能阐述到点子上。深：深知；精通。肯綮：筋骨结合的地方，比喻关键之处。

④度长絜大：比量长短大小，以便找出差距。絜：衡量。汉·贾谊《过秦论》："试使山东之国与陈涉度长絜大，比权量力，则不可同年而语矣。"

后记：

此诗作为"地质灾害防治"课程之"第六章 滑坡"中"第六节 锚杆设计与计算"的课堂小结。

23

加固方案　因地制宜

2020 年 4 月 24 日

加深桩长^①因滑坡，
固沙强源地形拙。
方土异同^②制胜策，
案甲休兵^③宜小酌。

注释：

①桩长：指桩尖（桩底）至承台底的长度。

②方土异同：各地地形、物产、风俗、人情的不同。方土：指各地地形、
物产、风俗、人情。唐·房玄龄等《晋书·王浑传》："可令中书指宣明诏，
问方土异同，贤才秀异，风俗好尚，农桑本务。"

③案甲休兵：谓停止战事，休养士卒。案甲：屯兵不动。休兵：停止战
事。《史记·淮阴侯列传》："方今为将军计，莫如案甲休兵，镇赵抚其孤。"

后记：

此诗作为"地质灾害防治"课程之"第六章　滑坡"中"第七节　滑坡防治
工程设计"的课堂小结。

24

渝怀铁路　岩壁加固

2020 年 4 月 24 日

渝水巴山岩崖峻，
怀协①锦囊壁垒②新。
铁打铜铸③加盔甲，
路险化夷固通津④。

注释：

①怀协：携带。

②壁垒：古时军营周围的防御建筑物。南朝·宋·范晔《后汉书·儒林列传》："先是四方学士多怀协图书，遁逃林薮。"

③铁打铜铸：铁打成的，用铜浇铸的。形容非常坚固。姚雪垠《李自成》第一卷第二十四章："请老兄放心，并非愚弟酒后乱吹，敝寨确是像铁打铜铸的一般。"

④通津：四通八达的津渡。唐·皇甫冉《西陵寄灵一上人》："西陵遇风处，自古是通津。"

后记：

此诗作为"地质灾害防治"课程之"第六章　滑坡"中"第八节　滑坡防治工程案例"的课堂小结。

25

灾情处置　上下联动

2020 年 4 月 28 日

灾异突发上良策，
情急智生①下猛材。
处变不惊②联袂至，
置设预案③动议怀。

注释：

①情急智生：情况急迫时，突然想出应付的办法。清·徐谦《物犹如此·慈爱鉴第四》："鹤子曰：情急智生，破涕为笑矣。不知四子他日亦念及此时亲恩否？"

②处变不惊：处在变乱之中，能沉着应付，一点儿也不惊慌。刘绍棠《村妇》："汉根的金童跟阿斗大不相同，黑更半夜，生死关头，竟满脸憨笑，咿呀哼哈，自言自语，一声也不啼哭，整个儿是一副处变不惊的大将风度。"

③设预案：应急预案或应急计划，是为了应对可能发生的突发事件而制定的工作方案。

后记：

此诗作为"地质灾害防治"课程之"第七章 地质灾害减灾体系与评价要求"中"第一节 地质灾害减灾体系"的课堂小结。

26

地灾评估　点面结合

2020 年 5 月 1 日

地裂山崩①点滴起，
灾害预警面势②理。
评判险情结阵③催，
估量安危合时宜。

注释：

①地裂山崩：山倒塌下来，地裂开了缝。汉·魏伯阳《周易参同契·君子居室章》："天见其殃，山崩地裂。"

②面势：方面，形势。《周礼·考工记》："或审曲面执，以饬五材，以辨民器。"

③结阵：列成队形，结成阵势。《尸子》卷下："雁衔芦而捍纲，牛结阵以却虎。"

后记：

此诗作为"地质灾害防治"课程之"第七章 地质灾害减灾体系与评价要求"中"第二节 地质灾害危险性评估技术要求"的课堂小结。

第二篇

"岩土工程勘察"课程课堂小结

27

岩土勘察　工程先锋

2022 年 8 月 3 日

岩峰竞秀①工笔绣，
土承地载②程门才。
勘探③求真先辈志，
察明秋毫④锋砺来。

注释：

①竞秀：互相比美，争比秀丽。南朝·宋·刘义庆《世说新语·言语》："千岩竞秀，万壑争流。草木蒙笼其上，若云兴霞蔚。"

②土承地载：像天覆盖万物，地承受一切一样。比喻范围极广大。也比喻恩泽深厚。

③勘探：查明矿藏分布情况，测定矿体的位置、形状、大小、成矿规律、岩石性质、地质构造等情况。

④察明秋毫：明察秋毫。目光敏锐，可以看清秋天鸟兽新生的毫毛。形容目光敏锐。也形容洞察一切。秋毫：鸟兽秋天新长出的细毛。

后记：

此诗作为"岩土工程勘察"课程之"课程介绍"的课堂小结。

28

勘察绪论

2019 年 2 月 25 日

勘覆①唯实重担挑，
察今知古②勤学早。
绪行既卓③忘辱宠④，
论德使能⑤报国豪。

注释：

①勘覆：反复查核。唐·白居易《荐李晏韦楚状》："及被人论，朝廷勘覆。责不闻奏，除削官阶。"

②察今知古：指事物的发展是一个过程，它总是逐渐演变而成。观察它的现在，可以推知它的本来面目。

③绪行既卓：功业与德行都很出色。绪行：功业与德行。宋·曾巩《刑部郎中张府君神道碑》："如府君钟材甚美，而进也得其时，自守及使，绪行既卓矣，使极其设修，可胜言耶？"

④忘辱宠：宠辱皆忘。谓受宠或受辱都毫不计较。常指一种通达的超绝尘世的态度。

⑤论德使能：选拔有道德的人和使用有才能的人。论，通"抡"，挑选；选择。《荀子·王霸》："论德使能而官施之者，圣王之道也，儒之所谨守也。"

后记：

此诗作为"岩土工程勘察"课程之"绪论"中"第一节 岩土工程的含义和研究对象"的课堂小结。

29

工程建设　勘察先行

2022 年 2 月 16 日

工匠鲁班①勘楷模，
程门②尺牍察研琢③。
建楼修路先外业，
设计精准行远驼。

注释：

①鲁班：姬姓，公输氏，名班，人称公输盘、公输般、班输，尊称公输子，又称鲁盘或者鲁般，惯称"鲁班"。"鲁班"已经成为古代劳动人民智慧的象征。

②程门：指"程门立雪"的典故。这个成语讲述了游酢与杨时去洛阳拜见程颐的故事，体现了学生对老师的尊敬以及求学的执着。

③研琢：研究琢磨。清·陈廷焯《白雨斋词话》卷七："至杜陵乃真与古人为敌，而变化不可测矣。固由读破万卷，研琢功深，亦实为古今迈等绝伦之才，断不能率循规矩，受古人羁缚也。"

后记：

此诗作为"岩土工程勘察"课程之"绪论"中"第二节　岩土工程勘察的任务和特点"的课堂小结。

30

岩土工程　创新发展

2022 年 2 月 23 日

岩居谷饮^①创业艰，

土水测试新技研。

工勘^②精准发凡例^③，

程校^④地基^⑤展欢颜。

注释：

①岩居谷饮：住在深山洞穴中，饮食在山谷里。指隐居生活。岩居：山居，多指隐居山中。谷饮：谓汲谷水而饮。

②工勘：工程勘察。

③发凡例：发凡起例。指说明全书要旨，拟定编写体例。发凡：提示全书的通例。晋·杜预《春秋左氏传序》："其发凡以言例，皆经国之常制……"

④程校：考核；衡量。

⑤地基：指建筑物下面支撑基础的土体或岩体。地基有天然地基和人工地基两类。

后记：

此诗作为"岩土工程勘察"课程之"绪论"中"第三节　我国岩土工程勘察的现状"的课堂小结。

31

等级划分　三大因素

2022 年 2 月 26 日

等量齐观①三足立，
级联反应②大小计。
划定标准因勘察，
分门别类③素构④齐。

注释：

①等量齐观：指对有差别的人或事物同等看待。清·况周颐《惠风词话》："或带烟月而益韵，托雨露而成润，意境可以稍变，然而乌可等量齐观也。"

②级联反应：指一系列连续事件，并且前一事件能激发后一事件。

③分门别类：依据事物的特性，把相同、相近的集中在一起，不同的区别开来，划分成各门各类。

④素构：犹宿构。谓预先构思，草拟。宋·欧阳修、宋·宋祁《新唐书·后妃传上·上官昭容》："婉儿始生，与母配掖廷。天性韶警，善文章。年十四，武后召见，有所制作，若素构。"

后记：

此诗作为"岩土工程勘察"课程之"第一章 岩土工程勘察基本技术要求"中"第一节 岩土工程勘察的分级"的课堂小结。

32

技术要求

2019 年 2 月 25 日

计深虑远①探岩砂，
溯本求源②方案佳。
要而言之③近思问④，
求同存异梦笔花⑤。

注释：

①计深虑远：计谋想得很深远。汉·司马相如《喻巴蜀檄》："计深虑远，急国家之难，而乐尽人臣之首也。"

②溯本求源：追寻根本，探求起源。比喻寻根究底。

③要而言之：概括地说，简单地说。要：简要。晋·陆机《五等诸侯论》："且要而言之，五等之君为己思治，郡县之长为利图物。"

④近思问：切问近思。恳切地问询，多考虑当前的问题。切：恳切。近思：想当前的问题。

⑤梦笔花：梦笔生花。指才思俊逸，写作的诗文极佳。传说李白少时曾梦见笔头上生花，后来他的诗名闻天下。五代·王仁裕《开元天宝遗事·梦笔头生花》："李太白少时，梦所用之笔头上生花，后天才赡逸，名闻天下。"

后记：

此诗作为"岩土工程勘察"课程之"第一章 岩土工程勘察基本技术要求"中"第二节 岩土工程勘察的方法"的课堂小结。

33

工程测绘　责任为先

2019 年 3 月 4 日

工善其事①责利器，
澄源正本②任务艰。
测渊寸指③为非望④，
绘影绘声⑤先锋兼。

注释：

①工善其事：犹言"工欲善其事，必先利其器"。工匠想要使他的工作做好，一定要先让工具锋利。比喻要做好一件事，准备工作非常重要。

②澄源正本：正本澄源。比喻从根本上加以整顿清理。后晋·刘昫《旧唐书·高祖本纪》："欲使玉石区分，薰莸有辨，长存妙道，永固福田，正本澄源，宜从沙汰。"

③测渊寸指：寸指测渊。以一寸之指而测深渊。比喻浅学不能探明深理。

④为非望：得非所愿，愿非所得。不是所期望的。

⑤绘影绘声：形容叙述或描写生动逼真。绘：描绘，描摹。清·吴敬梓《儒林外史》第十七回卧闲草堂本批点："绘声绘影，能令阅者拍案叫绝。"

后记：

此诗作为"岩土工程勘察"课程之"第二章 工程地质测量"中"第一节 工程地质测绘的作用和特点"的课堂小结。

34

地层稳定　重在构造

2022 年 8 月 9 日

地动八缘①重岩摧，
层峦叠嶂②在望归。
稳操胜券③构架妙，
定乱扶衰④造物回。

注释：

①地动八缘：大地震动的八种因缘。

②层峦叠嶂：层层重叠的山岭和山峰。形容山峰众多，连绵不断。层：重叠。峦：小而尖锐的山；也泛指山。叠：重叠；重复。嶂：矗立像屏障的山峰。宋·陆九渊《与王谦仲》："方丈檐间，层峦叠嶂，奔腾飞动，近者数十里，远者数百里，争奇竞秀。"

③稳操胜券：稳稳地把握住取胜的计谋。形容有绝对把握取得胜利。比喻有充分的胜利把握。券：凭证。

④定乱扶衰：平定祸乱，扶持衰弱。清·刘熙载《艺概·诗概》："刘越石诗，定乱扶衰之志；郭景纯诗，除残去秽之情。"

后记：

此诗作为"岩土工程勘察"课程之"第二章　工程地质测量"中"第二节工程地质测绘的研究内容"的课堂小结。

35

勘探方法　综合利用

2022 年 8 月 10 日

勘测场地综析①实，
探骊得珠②合新辞。
方圆可施③利家国，
法脉准绳④用思奇。

注释：

①综析：由一般的原理或原因推出特殊的事例或结果。南朝·宋·范晔《后汉书·蔡邕传》：“沈精重渊，抗志高冥，包括无外，综析无形，其已久矣。”

②探骊得珠：在骊龙的颔下取得宝珠。原指冒大险得大利。后常比喻文章含义深刻，措辞扼要，得到要领。骊：骊龙，古代传说中颔下有千金之珠的黑龙。

③方圆可施：不论方的，圆的，都适合使用。比喻人有多种才能。南朝·梁·萧子显《南齐书·沈宪传》：“补乌程令，甚著政绩。太守褚渊叹之曰：‘此人方员可施。’”

④法脉准绳：法则标准。

后记：

此诗作为“岩土工程勘察”课程之“第三章 勘探取样”中“第一节 勘探的任务、特点和方法”内容的课堂小结。

36

钻探工程

2019 年 3 月 6 日

钻坚仰高思贤齐[①]，

探幽穷赜[②]克难题。

工力悉敌[③]贵持久，

程门飞雪[④]展红旗。

注释：

①思贤齐：见贤思齐。见到德才兼备的人就要向他看齐。《论语·里仁》："见贤思齐焉，见不贤而内自省也。"

②探幽穷赜：探究深奥的道理，搜索隐秘的事情。赜：幽深玄妙。唐·房玄龄等《晋书·潘尼传》："抽演微言，启发道真。探幽穷赜，温故知新。"

③工力悉敌：双方用的功夫和力量相当。常形容两个优秀的艺术作品不分上下。工力：功夫和力量。敌：相当。

④程门飞雪：比喻尊师重教。鲁迅《鲁迅书信集·致许广平》："程门飞雪，贻误多时。"

后记：

此诗作为"岩土工程勘察"课程之"第三章 勘探取样"中"第二节 钻探工程"的课堂小结。

37

坑探工程　直观地层

2022 年 8 月 12 日

坑深槽浅直入岩，
探囊取物[1]观远山。
工艺精准地挖透，
程巧致功[2]层位[3]勘。

注释：

①探囊取物：伸手进入囊袋中拿取物品。比喻办成事情轻而易举。探囊：到袋中摸取。

②程巧致功：选择能工巧匠，让他们尽力而为。

③层位：全称地层层位，指在地层层序中的某一特定位置。地层层位有许多种，例如具有特殊岩性的岩性层位，具有特殊化石的化石层位，具有特定时代的年代层位，以及地震层位、电测层位等。因此地层的层位可以是地层单位的界限，也可以是属于某一特定时代的标志层等。

后记：

此诗作为"岩土工程勘察"课程之"第三章 勘察取样"中"第三节 坑探工程"的课堂小结。

38

地球物探　间接手段

2022 年 8 月 12 日

地层①复杂间距大，
球面透镜②接近查。
物理参数手勤算，
探幽索胜③段落佳。

注释：

①地层：一切成层岩石的总称，包括变质的和火山成因的成层岩石在内，是一层或一组具有某种统一的特征和属性的并和上下层有着明显区别的岩层。

②球面透镜：指折射面是球面或一面是球面而另一面是平面的透镜。它可视为无限多个棱镜的集合，对光线的折射程度从主轴至边缘均匀地发生变化，因而具有均匀汇聚和发散光线的作用，并有成像的能力。

③探幽索胜：探寻幽深奇异的景物。宋·陆九渊《题新兴寺壁》："轻舟危樯，笑歌相闻。聚如鱼鳞，列如雁行。至其寻幽探奇，更泊互进，迭为后先，有若偶然而相从。"

后记：

此诗作为"岩土工程勘察"课程之"第三章　勘察取样"中"第四节　物探工程"的课堂小结。

39

勘探取样

2019 年 3 月 9 日

勘会①方案榫对卯②，

探源溯流③金石销。

取精用弘④不吝改⑤，

样样俱全⑥观犀烧⑦。

注释：

①勘会：审核议定。

②榫对卯：榫头对上卯眼。比喻说话对入话题。榫：竹、木、石制器物或构件上利用凹凸方式相接处凸出的部分。卯：木器上安榫头的孔眼。

③探源溯流：探索和寻求事物的根源。清·何世璂《然灯记闻》引王士禛语云："为诗要穷源溯流，先辨诸家之派。"

④取精用弘：形容从丰富材料中提取精华部分加以运用。春秋·左丘明《左传·昭公七年》："郑虽无腆，抑谚曰'蕞尔国'；而三世执其政柄，其用物也弘矣，其取精也多矣。"

⑤不吝改：改过不吝。改正错误态度坚决，不犹豫。《尚书·仲虺之诰》："改过不吝。"唐·陆贽《奉天论前所答奏未施行状》："述汤之所以王，则曰：'用人惟己，改过不吝。'言能纳谏也。"

⑥样样俱全：一切齐全，应有尽有。

⑦观犀烧：燃犀观火。比喻洞察事物。清·古吴墨浪子《西湖佳话·葛岭仙迹》："令婿稚川兄不独才高，而察览贼情，直如燃犀观火。"

后记：

此诗作为"岩土工程勘察"课程之"第三章 勘察取样"中"第五节 采取土样"的课堂小结。

40

原位试验

2019 年 3 月 16 日

原原本本①瑾瑜怀②，
位之不次③笑颜开。
试马持戈陈言去④，
验问即穷⑤鉴往来⑥。

注释：

①原原本本：元元本本。原指探索事物的根由底细。后指事情本来的样子或全部情况。元元：探索原始。本本：寻求根本。汉·班固《西都赋》："元元本本，殚见洽闻。"

②瑾瑜怀：怀瑾握瑜。比喻人具有纯洁高尚的品德。瑾、瑜：美玉；比喻美德。战国·屈原《楚辞·九章·怀沙》："怀瑾握瑜兮，穷不知所示。"

③位之不次：不次之位。指对于有才干的人不拘等级授予重要职位。次：顺序；等级。位：职位；地位。汉·班固《汉书·东方朔传》："武帝初即位，征天下举方正贤良文学材力之士，待以不次之位。"

④陈言去：陈言务去。陈旧的言辞一定要去掉。指写作时要排除陈旧的东西，努力创造、革新。陈言：陈旧的言辞。唐·韩愈《答李翊书》："惟陈言之务去，戛戛乎其难哉！"

⑤验问即穷：即穷验问。抓住事实，追究查问。即穷：追究到极点。验：检验。汉·刘向《列女传·辩通》："王疑之，乃闭虞姬于九层之台，而使有司即穷验问。"

⑥鉴往来：鉴往知来。审查过去，就可以推断未来。

后记：

此诗作为"岩土工程勘察"课程之"第四章 土体原位测试"中"第一节 土体原位测试概述"的课堂小结。

41

土壤测试　真实准确

2019 年 3 月 11 日

土壤细流①真山水，
体物缘情②实臻妙③。
测海持蠡④准存疑，
试才录用⑤确拔俏。

注释：

①土壤细流：比喻微不足道的事物。汉·司马迁《史记·李斯列传》："是以太山不让土壤，故能成其大；河海不择细流，故能就其深。"

②体物缘情：缘情体物。指抒发感情，描写事物。晋·陆机《文赋》："诗缘情而绮靡，赋体物而浏亮。"

③臻妙：臻微入妙。形容诗文或书法的功力达到最微妙的佳境。宋·黄庭坚《杨子建通神论序》："天下之学，要之有宗师，然后可臻微入妙。"

④测海持蠡：以蠡测海。用瓢来测量海。比喻见闻浅陋、肤浅。蠡：盛水的瓢。

⑤试才录用：指根据他人的能力大小给予录用。

后记：

此诗作为"岩土工程勘察"课程之"第四章　土体原位测试"中"第二节　静力载荷试验"的课堂小结。

42

静力触探　应用广泛

2022 年 8 月 15 日

静观默察[①]应景作，
力半功倍[②]用途多。
触类旁通[③]广开拓，
探赜钩深[④]泛涟波。

注释：

①静观默察：不动声色，仔细观察。静观：冷静地观察。默察：默默地观察。宋·袁甫《右史直前奏事第二札子》："则夫急政大务，所当静观默察者，安得复有精神以为之运用耶？"

②力半功倍：形容花费的气力小，收到的成效大。

③触类旁通：指掌握或懂得了某一事物的知识或规律后，就可以推知同类的其他事物。也作"触类而通"。触类：接触某一方面的事物。旁通：互相贯通。《周易·系辞上》："引而伸之，触类而长之，天下之能事毕矣。"

④探赜钩深：探索幽隐，求取深意。《周易·系辞上》："圣人探赜索隐，钩深致远，以定天下之吉凶。"

后记：

此诗作为"岩土工程勘察"课程之"第四章 土体原位测试"中"第三节静力触探试验"的课堂小结。

43

动力触探　锤击换算

2022 年 8 月 16 日

动如脱兔[①]锤百炼，

力透纸背[②]击千剑。

触类而长[③]换思路，

探手可得[④]算土面。

注释：

①动如脱兔：行动起来像逃跑的兔子一样快速。后形容行动极为敏捷。脱兔：逃跑的兔子。《孙子·九地》："是故始如处女，敌人开户；后如脱兔，敌不及拒。"

②力透纸背：书法中笔锋简直要透到纸张背面。形容书法、绘画用笔刚劲有力。也形容诗文立意深刻。唐·颜真卿《张长史十二意笔法记》："当其用锋，常欲使其透过纸背，此成功之极矣。"

③触类而长：意谓掌握一类事物知识或规律，就能据此而增长同类事物知识。

④探手可得：一伸手就可以得到。形容不费力气。

后记：

此诗作为"岩土工程勘察"课程之"第四章　土体原位测试"中"第四节 动力触探试验"的课堂小结。

44

旁压试验　土体变形

2022 年 8 月 18 日

旁敲侧击①土扩张，
压力增减体积量。
试问承载变化值，
验算②成真形态强。

后记：

此诗作为"岩土工程勘察"课程之"第四章 土体原位测试"中"第五节 旁压试验"的课堂小结。

45

十字剪切　土体强度

2023 年 5 月 10 日

十光五色①土壤水，
字字珠玑②体态美。
剪虏若草③强扭矩④，
切磋琢磨度量尾。

注释：

①十光五色：形容景象纷繁，色彩绚丽。清·归懋仪《百字令·答龚瑟人公子即和原韵》：“绣幕论心，玉台问字，料理吾乡去。海东云起，十光五色争睹。”

②字字珠玑：每个字都像珠宝一样。形容诗文的语言精美。珠玑：泛指珍珠，珠宝；比喻优美的文章或词句。清·文康《儿女英雄传》第一回：“任凭是篇篇锦绣，字字珠玑，会不上一名进士。”

③剪虏若草：消灭敌人就像割除杂草一样。形容勇不可当。剪：剪除。虏：敌人。草：割草。唐·李白《送族弟绾从军安西》：“尔随汉将出门去，剪虏若草收奇功。”

④扭矩：使物体发生转动的一种特殊的力矩，等于力和力臂的乘积。

后记：

此诗作为“岩土工程勘察”课程之“第四章 土体原位测试”中“第六节 十字板剪切试验”的课堂小结。

46

岩体变形

2019 年 3 月 20 日

岩千壑万^①望群山，
体逊慎思^②宝惟贤^③。
变危为安^④筑大坝，
形诸笔墨^⑤金石坚。

注释：

①岩千壑万：万壑千岩。形容峰峦、山谷极多。

②体逊：为人处事谨慎、谦恭。

③慎思：谨慎思考。

④宝惟贤：所宝惟贤。所珍爱的只是有道德有才能的人。《尚书·旅獒》："不宝远物，则远人格；所宝惟贤，则迩人安。"

⑤变危为安：变危急为平安。宋·司马光《请建储副或进用宗室第一状》："陛下当此之时变危为安，变乱为治，易于反掌。"

⑥形诸笔墨：用笔墨把它写出来。形：描写。诸："之于"的合音。

后记：

此诗作为"岩土工程勘察"课程之"第五章 岩土测试"中"第一节 岩体变形试验"的课堂小结。

47

岩体直剪　见微知著

2022 年 8 月 20 日

岩石受荷见裂隙，

体物寓兴①微风起。

直截了当②知强度，

剪虏若草著新意。

注释：

①体物寓兴：通过描摹事物来寄寓情致。体物：对事物的具体描绘。寓兴：通过这些描绘来表达作者的情感或思想。

②直截了当：形容言语、行动简单爽快，不绕弯子。直截：不绕弯子。了当：爽快。清·李汝珍《镜花缘》第六十五回："紫芝妹妹嘴虽厉害，好在心口如一，直截了当，倒是一个极爽快的。"

后记：

此诗作为"岩土工程勘察"课程之"第五章 岩土测试"中"第二节 岩体强度试验"的课堂小结。

48

水压致裂

2019 年 3 月 25 日

水清石见①望星空，
压雪求油②笑雕虫③。
致知格物④谨终始⑤，
裂九花八⑥出奇功。

注释：

①水清石见：比喻情况搞清楚了，问题的性质也就明白了。见：通"现"，显露。汉·无名氏《艳歌行(其一)》："语卿且勿眄，水清石自见。石见何累累，远行不如归。"

②压雪求油：比喻难以做到的事情。明·吴承恩《西游记》第二十八回："八戒道：'莫管。我这一去，钻冰取火寻斋至，压雪求油化饭来。'"

③雕虫：比喻小技艺。多指文人雕辞琢句。用于贬义或自谦。

④致知格物：格物致知。推究事物原理而获得知识。致知：获得知识。格物：推究事理。《礼记·大学》："致知在格物，物格而后知至。"

⑤谨终始：谨终如始。指谨慎小心，始终如一。

⑥裂九花八：八花九裂。形容漏洞百出，缝隙很多。宋·普济《五灯会元》："问：'如何是无缝塔？'师曰：'八花九裂。'"

后记：

此诗作为"勘土工程勘察"课程之"第五章 岩土测试"中"第三节 岩体应力测试"的课堂小结。

49

现场检验

2019 年 3 月 27 日

现钟弗打①绿袍新②，

场逢竿木③无重轻④。

检校地基高楼梦，

验功⑤择期柳花明⑥。

注释：

①现钟弗打：现钟不打。比喻有现成的东西却不加以利用。

②绿袍新：指职场新人。

③场逢竿木：逢场竿木。比喻偶尔凑凑热闹的人。宋·普济《五灯会元·南岳让禅师法嗣·江西道一禅师》："竿木随身，逢场作戏。"

④无重轻：无足轻重。形容无关紧要，不值得重视。

⑤验功：检验事物的功效。

⑥柳花明：柳暗花明。形容柳树成阴、繁花似锦的春天景象。也比喻在困难中遇到转机，由逆境转变为充满希望的顺境。唐·王维《早朝》："柳暗百花明，春深五凤城。"

后记：

此诗作为"岩土工程勘察"课程之"第六章 现场检验检测"中"第一节 地基基础的检验与监测"的课堂小结。

50

水土监测　稳定边坡

2022 年 8 月 21 日

水落石出①稳如山，
土体剖面②定地盘。
监视③变形边谋划，
测定压力坡道宽。

注释：

①水落石出：水落下去，水底的石头就露出来。比喻事情的真相完全显露出来。宋·欧阳修《醉翁亭记》："野芳发而幽香，佳木秀而繁阴，风霜高洁，水落而石出者，山间之四时也。"

②土体剖面：指从地面垂直向下的土壤纵剖面，也就是完整的垂直土层序列，是土壤成土过程中物质发生淋溶、淀积、迁移和转化形成的。

③监视：此指监测。

后记：

此诗作为"岩土工程勘察"课程之"第六章　现场检验检测"中"第二节岩土体和地下水的监测"的课堂小结。

51

参数分析　工程评价

2022 年 8 月 22 日

参伍错综①工于心，
数见不鲜②程效③清。
分门别类评场地，
析微察异④价值明。

注释：

①参伍错综：指交互错杂。参伍：亦作"参五"，意谓错综比较，加以验证。错：交叉着。综：总合。《周易·系辞上》："参伍以变，错综其数通其变，遂成天地之文。"

②数见不鲜：指多次见到，不以为新鲜。数：屡次。不鲜：不新奇。汉·司马迁《史记·郦生陆贾列传》："一岁中往来过他客，率不过再三过，数见不鲜，无久恩公为也。"

③程效：考核；衡量。谋求功效。

④析微察异：指仔细观察、辨别。明·何景明《结肠赋》："木有连理，草交茎兮；烈魂洁魄，孚女贞兮；析微察异，实此之类兮；附物著灵，见胸臆兮。"

后记：

此诗作为"岩土工程勘察"课程之"第七章 资料整理"中"第一节 岩土参数分析与岩土工程评价"的课堂小结。

52

资料整理

2019 年 4 月 1 日

资深居安①不自骄，
料事如神②转关桥③。
整本大套④无难事，
理争尺寸⑤析缕条⑥。

注释：

①资深居安：居安资深。指掌握学问牢固而且根底深厚。《孟子·离娄下》："君子深造之以道，欲其自得之也。自得之，则居之安；居之安，则资之深；资之深，则取之左右逢其原。故君子欲其自得之也。"

②料事如神：形容预料事情非常准确。宋·杨万里《提刑徽猷检正王公墓志铭》："公器识宏深，襟度宽博，议论设施加人数等，料事如神，物无遁情。"

③转关桥：我国古代用人力绞盘转动的守城吊桥。本诗指转折的关键。

④整本大套：指有计划、有条理，全面。老舍《赵子曰》第十七："如今叫我整本大套的去和女怪交际，你想想，端翁，我老赵受得了受不了?!"老舍《文博士》三："中国的老事儿有许多是合乎科学原理的，不过是没有整本大套的以科学始，以科学终而已。"

⑤理争尺寸：比喻在真理面前一步也不退让。

⑥析缕条：有条有理地细细分析。析：剖析。缕：线。

后记：

此诗作为"岩土工程勘察"课程之"第七章 资料整理"中"第二节 岩土工程勘察报告"的课堂小结。

53

斜坡场地

2019 年 4 月 8 日

斜风细雨①菊花黄，
坡仙②豪饮丹桂香。
场控③探微安长久，
地尽其利④一咏觞⑤。

注释：

①斜风细雨：形容小的风雨。斜风：旁侧吹来的小风。细雨：小雨。唐·张志和《渔歌子》："青箬笠，绿蓑衣，斜风细雨不须归。"

②坡仙：苏轼，号东坡居士，宋朝人，文才盖世，仰慕者称之为"坡仙"。

③场控：场面控制。

④地尽其利：充分发挥土地的效用。孙中山《上李鸿章书》："人能尽其才，地能尽其利，物能尽其用，货能畅其流——此四事者，富强之大经，治国之大本也。"

⑤一咏觞：一觞一咏。旧指文人喝酒吟诗的聚会。咏：吟诗。觞：古代盛酒器，借指饮酒。晋·王羲之《兰亭集序》："一觞一咏，亦足以畅叙幽情。"

后记：

此诗作为"岩土工程勘察"课程之"第八章 斜坡场地"中"第一节 斜坡概述"的课堂小结。

54

拉裂蠕滑　防微杜渐

2020 年 1 月 19 日

拉朽①倒山防御牢，

裂石流云②微察毫。

蠕变③难敌杜武库④，

滑塌早治渐解袍。

注释：

①拉朽：摧折朽木。比喻不费力气。唐·房玄龄等《晋书·刘毅诸葛长民等传论》："建大功若转圜，翦群凶如拉朽。"

②裂石流云：裂开山石，震动云霄。形容声音高昂响亮。流：移动不定。

③蠕变：固体材料在保持应力不变的条件下，应变随时间延长而增加的现象。

④杜武库：晋人对杜预的尊称。谓其学识渊博，如武库兵器，样样具备。

后记：

此诗作为"岩土工程勘察"课程之"第八章　斜坡场地"中"第二节　斜坡变形类型"的课堂小结。

55

斜坡破坏

2022 年 8 月 24 日

斜阳萤窗①勤学长，
坡土勘察细主张。
破竹建瓴②雄心壮，
坏山③防治金汤④镶。

注释：

①萤窗：晋人车胤以囊盛萤火虫，用萤火虫之光照书夜读。后因以"萤窗"形容勤学苦读。亦借指读书之所。

②破竹建瓴："势如破竹""高屋建瓴"的省略。形容占据优势，迅速推进，所向无阻。比喻居高临下，所向无敌。建瓴：把瓶中水从高处向下倾倒。清·魏源《圣武记》卷七："由昔岭中峰直抵葛尔崖，实有破竹建瓴之势。"

③坏山：倒塌的山。唐·房玄龄等《晋书·天文志中》："或黑气如坏山坠军上者，名曰营头之气……此衰气也。"

④金汤："金城汤池"的略语。指像金属造的城，像沸水流淌的护城河。形容城池险固。唐·杜甫《入衡州》："老将一失律，清边生战场。君臣忍瑕垢，河岳空金汤。"

后记：

此诗作为"岩土工程勘察"课程之"第八章 斜坡场地"中"第三节 崩塌"的课堂小结。

56

崩坍滑坡

2019 年 4 月 3 日

崩析①千仞浪淘沙，
坍圮②万倾铸犁铧③。
滑面稳定耕云雨④，
坡地随心锦添花⑤。

注释：

①崩析：分裂瓦解。

②坍圮：崩裂倒塌。

③犁铧：安装在犁的下端、用来翻土的铁器，略呈三角形。

④耕云雨：犹耕云播雨。指控制降雨、改造自然。比喻辛勤劳作。

⑤锦添花：犹锦上添花。在锦上面再绣上花。比喻使美好的事物更加美好。宋·黄庭坚《了了庵颂》："又要涪翁作颂，且图锦上添花。"

后记：

此诗作为"岩土工程勘察"课程之"第八章 斜坡场地"中"第四节 滑坡"的课堂小结。

57

斜坡稳定　定量评价

2022 年 8 月 24 日

斜晖①归雁定醉月，
坡陇如涛量飞雪。
稳若泰山②评功过，
定性分析价藩③解。

注释：

①斜晖：指傍晚西斜的阳光。唐·许敬宗《奉和仪鸾殿早秋应制》："睿想追嘉豫，临轩御早秋。斜晖丽粉壁，清吹肃朱楼。"

②稳若泰山：稳健如泰山，形容像泰山一样稳固，不可动摇。也可形容人在紧急情况下的从容态度。汉·枚乘《上书谏吴王》："变所欲为，易于反掌，安于泰山。"

③价藩：谓大德之人是国家安全的屏藩。《诗经·大雅·板》："价人维藩，大师维垣。"

后记：

此诗作为"岩土工程勘察"课程之"第八章 斜坡场地"中"第五节 斜坡场地稳定性评价"的课堂小结。

58

边坡勘察　重在钻探

2022 年 8 月 25 日

边涯①山险重任艰，
坡土地裂在眼前。
勘实滑面②钻入地，
察辨③弱层探九渊④。

注释：

①边涯：指边际；边缘。金·元好问《乙酉六月十一日雨》："良苗与新颖，郁郁无边涯。"

②滑面：滑坡体移动时，它与不动体(母体)之间形成一个界面并沿其下滑，这个面就叫作滑动面，简称滑面。

③察辨：详审而明辨。清·刘大櫆《徐笠山时文序》："今天下相率以孔、孟、曾、思之言，为八比之时文，各持其一是，各恃其一长，彼其诚心莫不自以为察辨于儒生之说，而洋溢乎学士之文矣。"

④九渊：极深的水潭。先秦时期道家的代表列子以九渊寓意达到终极圆满的九种人生境界与修道方法。清·唐甄《潜书·抑尊》："于斯之时，虽有善鸣者，不得闻于九天；虽有善烛者，不得照于九渊。"

后记：

此诗作为"岩土工程勘察"课程之"第八章 斜坡场地"中"第六节 斜坡场地岩土勘察"的课堂小结。

59

泥流形成　三大条件

2022 年 8 月 26 日

泥沙俱下[①]三江雨，
流星赶月[②]大石聚。
形影相顾[③]条痕留，
成算在心件目[④]续。

注释：

①泥沙俱下：指在江河的急流中泥土和沙子随着水一起流下去。比喻好坏不同的人或者事物混杂在一起。清·袁枚《随园诗话》卷一："人称才大者，如万里黄河，与泥沙俱下。余以为：此粗才，非大才也。"

②流星赶月：好像流星追赶月亮一样。形容行动极迅速。流星：分布在星际空间的细小物体和尘粒，飞入地球大气层，跟大气摩擦发生热和光的现象。明·吴承恩《西游记》第四十四回："那一顿如流星赶月，风卷残云，吃得罄尽。"

③形影相顾：像形体和它的影子那样分不开。形容彼此关系亲密，经常在一起。宋·陆游《与赵都大启》："岁月不知其再周，形影相顾而自悼。"

④件目：文件细目。唐·元稹《叙奏》："其余郡县之请奏，贺庆之常礼，因亦附之于件目。"

后记：

此诗作为"岩土工程勘察"课程之"第九章 泥石流场地"中"第一节 泥石流形成条件与特征"的课堂小结。

60

泥流调查　鉴古知今

2022 年 8 月 26 日

泥石混杂鉴形态，
流天澈地①古往来。
调研沟谷知难进②，
查勘③成因今开怀。

注释：

①流天澈地：形容到处流淌漫溢。流天：运行于天空。澈：通"彻"，透。清·文康《儿女英雄传》第三十七回："太太探头瞧了瞧，才看见公子给他两个斟的那杯酒，原来斟了个流天澈地，只差不曾淋出个尖儿，扎出个圈儿来。"

②知难进：明知有困难却仍然前进。指不畏艰难，勇于进取。春秋·左丘明《左传·定公六年》："秋八月，宋乐祁言于景公曰：'诸侯唯我事晋。今使不往，晋其憾矣。'乐祁告其宰陈寅，陈寅曰：'必使子往。'他日，公谓乐祁曰：'唯寡人说子之言，子必往。'陈寅曰：'子立后而行，吾室亦不亡。唯君亦以我为知难而行也。'见溷而行。赵简子逆，而饮之酒于绵上，献杨楯六十于简子。"

③查勘：指实地调查；查看。元·佚名《元典章·台纲二·照刷》："如因后事发露或查勘后却有漏报，该刷卷宗首领官吏情愿当罪。"

后记：

此诗作为"岩土工程勘察"课程之"第九章　泥石流场地"中"第二节　泥石流场地勘察与评价"的课堂小结。

61

防泥石流

2019 年 4 月 10 日

防芽遏萌①星火燎②，
泥而不滓③君子交。
石火风灯④冲天瀑，
流星飞电⑤过渡桥。

注释：

①防芽遏萌：错误或恶事在未显露时，即加以阻止。晋·陈寿《三国志·吴书·孙奋传》："大行皇帝览古戒今，防芽遏萌，虑于千载。"

②星火燎：犹言"星星之火，可以燎原"。比喻小事可以酿成大变。也比喻开始时显得弱小的新生事物有旺盛的生命力和广阔的发展前途。《尚书·盘庚上》："若火之燎于原，不可向迩。"

③泥而不滓：染而不黑。比喻洁身自好，不受坏的影响。泥：通"涅"。染黑。滓：污浊。汉·司马迁《史记·屈原贾生列传》："濯淖污泥之中，蝉蜕于浊秽，以浮游尘埃之外，不获世之滋垢，皭然泥而不滓者也。"

④石火风灯：比喻为时短暂。宋·延寿《万善同归集》卷五："又无常迅速，念念迁移。石火风灯，逝波残照，露华电影，不足为喻。"

⑤流星飞电：形容迅疾。

后记：

此诗作为"岩土工程勘察"课程之"第九章 泥石流场地"中"第三节 泥石流防治"的课堂小结。

62

岩溶场地

2019 年 4 月 15 日

岩柱成峰石林美，
溶隙①相连漓江水。
场区塌陷②早防治，
地上天官③工程伟。

注释：

①溶隙：指可溶岩石如岩盐、石膏、石灰岩、白云岩等，在地下水溶蚀和机械破坏的作用下所产生的空隙。

②塌陷：地表岩、土体在自然或人为因素作用下向下陷落，并在地面形成塌陷坑(洞)的一种动力地质现象。由堤身岩、土体未压实，孔隙较多，存在漏洞隐患和地基软弱或荷载较大等导致。

③地上天官：比喻社会生活繁华安乐。

后记：

此诗作为"岩土工程勘察"课程之"第十章 岩溶场地"中"第一节 岩溶和岩溶发育"的课堂小结。

63

岩溶发育

2019 年 4 月 17 日

岩千竞秀①鸢枭栖②，
溶漾萦纡③百丈溪。
发潜阐幽④峰砟硌⑤，
育德果行⑥面耳提⑦。

注释：

①岩千竞秀：犹千岩竞秀。重山叠岭的风景好像互相媲美。形容山景秀丽。

②鸢枭栖：犹鸢枭并栖。鸢凤与鸱鸮一起停在一颗树上。比喻好坏混杂。枭：鸱鸮，指恶鸟。清·昭梿《啸亭杂录·续录·明史稿》："至于李廷机与陈新甲同传，未免鸢枭并栖，殊无分晰，不如忠臣之分传也。"

③萦纡：盘旋弯曲。

④发潜阐幽：阐发沉潜深奥的道理。清·薛福成《庸盦笔记·桃花夫人示梦》："此翰苑笔也，聊赠一枝，以报发潜阐幽之厚意。"

⑤砟硌：山石不齐貌。

⑥育德果行：果行育德。以果断的行动培育高尚的道德。

⑦面耳提：面命耳提。形容长辈教导热心恳切。《诗经·大雅·抑》："匪面命之，言提其耳。"

后记：

此诗作为"岩土工程勘察"课程之"第十章 岩溶场地"中"第二节 土洞和岩溶塌陷"的课堂小结。

64

岩溶评价 内外兼察

2022 年 9 月 12 日

岩岈叠嶂①内刚强，
溶漾山色外畔张。
评功摆好②兼收蓄，
价值连城③察辨详。

注释：

①岩岈叠嶂：形容山岭重重叠叠，连绵不断。岩岈：岩石嶙峋、陡峭不平的样子。叠嶂：山峰重重叠叠，像屏障一样矗立。北魏·郦道元《水经注·江水二》："自三峡七百里中，两岸连山，略无阙处，重岩叠嶂，隐天蔽日。"

②评功摆好：评定成绩，摆出优点。李存葆《高山下的花环》："他又一次在军党委会上甩帽，为陈老总评功摆好……"

③价值连城：谓价值如连成一片的许多城池。形容物品极珍贵，价值极高。汉·司马迁《史记·廉颇蔺相如列传》："赵惠文王时，得楚和氏璧。秦昭王闻之，使人遗赵王书，愿以十五城请易璧。"后人据此提炼出成语"价值连城"。

后记：

此诗作为"岩土工程勘察"课程之"第十章 岩溶场地"中"第三节 岩溶场地勘察"的课堂小结。

65

震区勘察

2019 年 4 月 22 日

震山裂地声撼天[1]，
区域规划防御坚。
勘测[2]精准断层少，
察明远见[3]九旋渊[4]。

注释：

①声撼天：形容声音或声势极大。北魏·郦道元《水经注·河水》："涛涌波襄，雷济电泄，震天动地。"

②勘测：指查勘、勘探和测量工作的总称。

③察明远见：远见明察。指放眼长远，深刻洞察。《韩非子·孤愤》："智术之士，必远见而明察，不明察，不能烛私。"

④九旋渊：九旋之渊。旋涡多的深渊。比喻智谋深广。汉·刘安等《淮南子·兵略训》："建心乎窈冥之野，而藏志乎九旋之渊，虽有明目，孰能窥其情！"

后记：

此诗作为"岩土工程勘察"课程之"第十一章 强震区场地"中"第一节 地震与活断层"的课堂小结。

66

抗震设计

2019 年 4 月 22 日

抗颜为师①国栋材，
震古烁今②翔九垓③。
设身处地工夫外，
计获事足④锦书来。

注释：

①抗颜为师：不为他人所制约，不为潮流所左右，这种意志坚定的人可以作为学习的榜样。抗颜：不看别人脸色，态度严正不屈。为师：为人师表。唐·柳宗元《答韦中立论师道书》："独韩愈奋不顾流俗，犯笑侮，收召后学，作《师说》，因抗颜而为师。"

②震古烁今：震动古代，显耀当世。形容事业、功绩非常伟大。

③九垓：中央和八方之地，九州之地。北齐·魏收《枕中篇》："九陔方集，故眇然而迅举；五纪当定，想宦乎而上征。"

④计获事足：犹言如愿以偿。指愿望实现。南朝·宋·范晔《后汉书·应劭传》："唯至互市，乃来靡服。苟欲中国珍货，非为畏威怀德。计获事足，旋踵为害。"

后记：

此诗作为"岩土工程勘察"课程之"第十一章 强震区场地"中"第二节地震与场地地震效应"的课堂小结。

67

砂土液化　孔隙超压

2022 年 11 月 28 日

砂锅砸蒜[①]孔连通，
土牛石田[②]隙未终。
液流汹涌超常态，
化枭为鸠[③]压土封。

注释：

①砂锅砸蒜：砂锅易碎，在它里面砸蒜只能一下。比喻事情只能干一次。亦作"砂锅捣蒜""沙锅砸蒜"。阮章竞《漳河水·送别》："砂锅捣蒜就这一槌。"老舍《正红旗下》："说罢，二哥心里痛快了一些，可也知道恐怕这是沙锅砸蒜，一锤子的买卖，不把他轰出去就是好事。"

②土牛石田：无用之物。比喻没有用处。石田：不可耕种的田。春秋·左丘明《左传·哀公十一年》："得志于齐，犹获石田也，无所用之。"唐·寒山《诗三百三首》："土牛耕石田，未有得稻日。"

③化枭为鸠：比喻变凶险为平安。枭：猫头鹰，旧时认为是凶鸟。鸠：外形像鸽子的一类鸟，常见的有斑鸠、山鸠等。清·昭梿《啸亭杂录·朱白泉狱中上百朱二公书》："额捐赀集勇，谨守疆场，绝济匪之源，挫触藩之锐，卒能化枭为鸠，闾阎安堵。"

后记：

此诗作为"岩土工程勘察"课程之"第十一章 强震区场地"中"第三节地震液化"的课堂小结。

68

建房造楼　安居乐业

2022 年 12 月 2 日

建瓴高屋①安营寨，
房梁顶天居开怀。
造车合辙②乐陶③事，
楼台望月业广来。

注释：

①建瓴高屋：高屋建瓴。把瓶子里的水从高层顶上倾倒。比喻居高临下，不可阻遏。南朝·梁·简文帝《弹棋论序》："望兵戎之式道，上升则抟翼穹天，赴下则建瓴高屋。"

②造车合辙：所造的车辆和车辙相合。比喻主观所为同客观实际相符合。辙：车轮轧出的痕迹。宋·周辉《清波杂志》卷第五："及观序《修水集》'造车合辙'之语，则知持此论旧矣。"

③乐陶：形容非常快乐的样子。元·费唐臣《苏子瞻风雪贬黄州》："乐陶陶，三杯元亮酒，黑娄娄一枕陈抟困。"

后记：

此诗作为"岩土工程勘察"课程之"第十二章　房屋建筑与构筑物"中"第一节　房屋建筑与构筑物概述"的课堂小结。

69

地基承载

2019 年 4 月 26 日

地负海涵①百丈楼，
基础加固计谋周。
承星履草②不言累，
载一抱素③争上游。

注释：

①地负海涵：指像大地般负载万物，像海洋般容纳百川。形容学问广博，才德卓越。唐·韩愈《南阳樊绍述墓志铭》："其富若生蓄万物，必具海含地负，放恣横从，无所统纪。"

②承星履草：头戴星光，脚踏草地。形容辛勤劳作。晋·葛洪《抱朴子外篇·自叙》："饥寒困瘁，躬执耕稼，承星履草，密勿畴袭。"

③载一抱素：指坚持一种信仰，固守一贯的志向。王钟麒《中国三大家小说论赞》："珞珞雪芹，载一抱素。八斗奇才，千秋名著。"

后记：

此诗作为"岩土工程勘察"课程之"第十二章 房屋建筑与构筑物"中"第二节 地基承载力确定"的课堂小结。

70

地基沉降　分层总和

2022 年 12 月 3 日

地层各异分条理，

基础夯牢^①层位实。

沉机观变^②总数量，

降低差异和谐适。

注释：

①夯牢：用夯使劲地砸，使它变得牢靠。

②沉机观变：指冷静观察和把握事物变化的契机。沉：隐微。机：通"几"，事物变化的征兆。清·黄世仲《洪秀全演义》第九回："此观变沉机之士，恐不易罗致之。"

后记：

此诗作为"岩土工程勘察"课程之"第十二章 房屋建筑与构筑物"中"第三节 地基沉降计算"的课堂小结。

71

桩基问题　我是专家

2019 年 4 月 13 日

桩机①轰鸣我喜欢，
基岩②凿穿是硬盘。
问鼎中原③专克艰，
题榜鲁班④家音传。

注释：

①桩机：用于打桩的机械。

②基岩：陆地表层中的坚硬岩层。一般多被土层覆盖，埋藏深度不一，少则数米，多则数百米。由沉积岩、变质岩、岩浆岩中的一种或数种岩类组成，可作大型建筑工程的地基。

③问鼎中原：指企图夺取政权的野心。问：询问。鼎：古代煮东西的器物，三足(或四足)两耳。中原：黄河中下游一带，泛指中国。

④题榜鲁班：中国建设工程鲁班奖(国家优质工程)，简称鲁班奖，是一项由中华人民共和国住房和城乡建设部指导、中国建筑业协会实施评选的奖项，是中国建筑行业工程质量的最高荣誉奖。

后记：

此诗作为"岩土工程勘察"课程之"第十二章 房屋建筑与构筑物"中"第四节 桩基岩土工程问题分析"的课堂小结。

72

桩基问题　你是专家

2019 年 4 月 13 日

桩歌①绕梁你欢笑，

基深柢固是春苗。

问羊知马②专业实，

题中之义③家通桥。

注释：

①桩歌：夯歌，打夯时一人领唱、众人和唱的歌。

②问羊知马：指从旁推究，从而了解有关的情况。汉·班固《汉书·赵广汉传》："钩距者，设欲知马贾，则先问狗，已问羊，又问牛，然后及马。"

③题中之义：事物的关键之处，旨在如何。

后记：

此诗作为"岩土工程勘察"课程之"第十二章 房屋建筑与构筑物"中"第四节 桩基岩土工程问题分析"的课堂小结。

73

基坑开挖　建筑难点

2019 年 5 月 6 日

基础①夯实②建大厦，
坑内支护③筑地宫。
开天辟地④难移志，
挖土填方点奇功。

注释：

①基础：指建筑底部与地基接触的承重构件，它的作用是把建筑上部的荷载传给地基。因此地基必须坚固、稳定而可靠。

②夯实：加固，打牢基础。多用于建筑行业。指利用重物使其反复自由坠落对地基或填筑土石料进行夯击，以提高其密实度的施工作业。

③坑内支护：为保护地下主体结构施工和基坑周边环境的安全，对基坑采用的临时性支挡、加固、保护与地下水控制的措施。

④开天辟地：古代神话中说盘古氏开辟天地后才有世界。表示前所未有，有史以来的第一次。三国·吴·徐整《三五历纪》："天地混沌如鸡子，盘古生在其中，万八千岁，天地开辟，阳清为天，阴浊为地，盘古在其中。"

后记：

此诗作为"岩土工程勘察"课程之"第十二章　房屋建筑与构筑物"中"第五节　深基坑开挖的岩土工程问题"的课堂小结。

74

岩土勘察　建筑根基

2022 年 12 月 18 日

岩峦形胜①建亭榭，
土层坚固筑伟业。
勘测②精准根结盘③，
察己知人④基址⑤接。

注释：

　　①岩峦形胜：高峻的山峦和优美的自然景观。通常用于描述一个地方的自然环境之美和地理优势。唐·韩翃《经月岩山》："群峰若侍从，众阜如婴提。岩峦互吞吐，岭岫相追携。"

　　②勘测：施工前进行实地调查测量。徐迟《地质之光》："但是野外勘测，餐风饮露，地质工作也是艰苦卓绝的。"

　　③根结盘：根结盘据。

　　④察己知人：指情理之中的事情，察度自己，就可推知别人。

　　⑤基址：建筑物的地基、基础。唐·元稹《古社》："古社基址在，人散社不神。"

后记：

　　此诗作为"岩土工程勘察"课程之"第十二章 房屋建筑与构筑物"中"第六节 房屋建筑岩土工程勘察要点"的课堂小结。

75

地下洞室

2019 年 5 月 8 日

地远山险①迎彩霞，

下临无地②掘岩砂。

洞幽察微③拭汗笑，

室雅兰馨④乐万家。

注释：

①地远山险：地处边远，山势险峻。明·罗贯中《三国演义》第八十七回："愚有片言，望丞相察之。南蛮恃其地远山险，不服久矣，虽今日破之，明日复叛。"

②下临无地：从高处往下看，好像看不见地。形容极其高峻。临：从高处往低处看。唐·王勃《滕王阁序》："层峦耸翠，上出重霄；飞阁流丹，下临无地。"

③洞幽察微：透彻地看到幽深微妙处。

④室雅兰馨：居室布置得素洁而雅，富有兰花的高洁气质感。

后记：

此诗作为"岩土工程勘察"课程之"第十三章 地下洞室"中"第一节 围岩应力与变形"的课堂小结。

76

围岩分类　综合考虑

2022 年 12 月 21 日

围炉煮茗①综学识，
岩居川观②合抱枝。
分丝析缕③考据正，
类聚群分虑计④实。

注释：

①围炉煮茗：围着炉子煮水泡茶，讲求的是一种内在的意境和感觉。

②岩居川观：居于岩穴而观赏川流。形容隐居生活悠闲自适，超然世外。岩居：选择在山岩之中或附近居住。川观：观赏河流或自然水体的景象。汉·司马迁《史记·范睢蔡泽列传》："君何不以此时归相印，让贤者而授之，退而岩居川观。"

③分丝析缕：比喻明察入微。析：分开。缕：泛指细而长的东西，线状物。明·徐渭《代江北事平赐金币谢表》："分丝析缕，不以善小而弗崇。"

④虑计：思虑筹划。汉·司马迁《史记·南越尉佗列传》："取自脱一时之利，无顾赵氏社稷，为万世虑计之意。"

后记：

此诗作为"岩土工程勘察"课程之"第十三章 地下洞室"中"第二节 围岩分类与压力"的课堂小结。

77

围岩稳定

2019 年 5 月 13 日

围炉煮茗对天崖，
岩堀①破碎勘察佳。
稳如泰山②支护至，
定乱扶衰再分茶③。

注释：

①岩堀：山洞。堀：同"窟"。战国·吕不韦《吕氏春秋·必己》："单豹好术，离俗弃尘，不食谷实，不衣芮温，身处山林岩堀，以全其生。不尽其年，而虎食之。"

②稳如泰山：形容像泰山一样稳固，不可动摇。汉·班固《汉书·刘向传》："事势不两大，王氏与刘氏亦且不并立。如下有泰山之安，则上有累卵之危。"

③分茶：宋代流行的一种茶道，又称茶百戏、汤戏或茶戏。

后记：

此诗作为"岩土工程勘察"课程之"第十三章 地下洞室"中"第三节 地下洞室围岩稳定与施工"的课堂小结。

78

洞室选址　全面勘察

2022 年 12 月 23 日

洞幽烛远①全息图，

室雅兰馨面斑竹。

选兵秣马②勘准确，

址瑶地宫察今古③。

注释：

①洞幽烛远：形容目光锐利，能洞察事物幽深细微之处。烛：明察；洞悉。远：深远；深奥。明·吴承恩《赠郡伯古愚邵公报政序》："有洞幽烛远之明，有含茹翕张不疾不徐之度。"

②选兵秣马：选好兵器喂饱战马。指作好战前准备。秣马：饲马。宋·欧阳修《准诏言事上书》："今若敕励诸将，选兵秣马，疾入西界，但能痛败昊贼一阵，则吾军威大振，而虏计沮矣。"

③察今古：察今知古。

后记：

此诗作为"岩土工程勘察"课程之"第十三章　地下洞室"中"第四节　采空区评价与地下洞室勘察"的课堂小结。

79

路基稳定　道路安全

2023 年 1 月 5 日

路断人稀道途殚①，

基底②坚固路碑长。

稳定边坡安防至，

定心广志③全程祥。

注释：

①道途殚：道尽途殚。无路可走，陷于绝境。

②基底：基础的最下部分。

③定心广志：心志坚定，志向远大。战国·屈原《九章·怀沙》："定心广志，余何畏惧分？"

后记：

此诗作为"岩土工程勘察"课程之"第十四章 道路桥梁"中"第一节 道路岩土工程勘察"的课堂小结。

80

道路桥梁　强国大道

2019 年 5 月 15 日

道远知骥①强基台，
路迢水长②国运开。
桥箭累弦③大江渡，
梁尘踊跃④道通怀。

注释：

①道远知骥：走的路遥远才可以知道马的力量。骥：骏马。三国·魏·曹操《矫志》："道远知骥，世伪知贤。"

②路迢水长：形容遥远。

③桥箭累弦：矫正箭矢，系上弓弦。指作战的准备工作。桥：通"矫"。《史记·平津侯主父列传》："今天下锻甲砥剑，桥箭累弦，转输运粮，未见休时，此天下之所共忧也。"

④梁尘踊跃：形容乐声绕梁，美妙动人。鲁迅《赠人二首(其二)》："秦女端容理玉筝，梁尘踊跃夜风轻。"

后记：

此诗作为"岩土工程勘察"课程之"第十四章 道路桥梁"中"第二节 桥梁岩土工程勘察"的课堂小结。

第三篇

"岩土支挡与锚固工程"
课程课堂小结

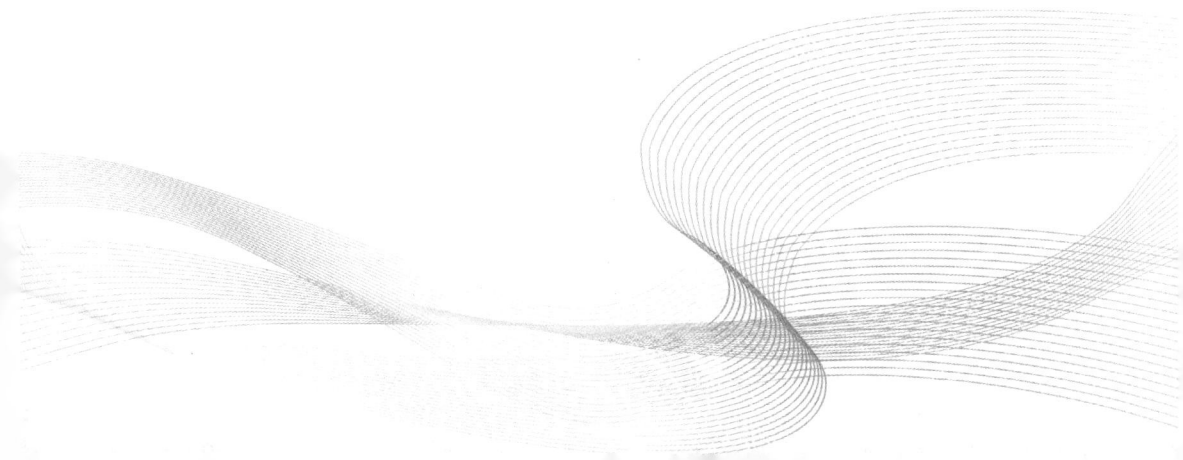

81

岩土失稳　锚固支挡

2020 年 9 月 7 日

岩居川观锚泊地，
土崩瓦解①固坡难。
失之东隅②支危局，
稳如磐石③挡雄关。

注释：

①土崩瓦解：如土崩塌，如瓦破碎。形容彻底崩溃，不可收拾。《鬼谷子·抵巇》："君臣相惑，土崩瓦解而相伐射。"

②失之东隅：比喻这个时候遭到损失或失败。南朝·宋·范晔《后汉书·冯异传》："始虽垂翅回溪，终能奋翼黾池，可谓失之东隅，收之桑榆。"

③稳如磐石：形容像磐石一样稳固，不可动摇。

后记：

此诗作为"岩土支挡与锚固工程"课程之"第一章　岩土支挡与锚固工程基本原理"中"第一节　概述"的课堂小结。

82

支撑阻滑　边坡防护

2020 年 9 月 10 日

支离破碎①边岸危，
撑天拄地②坡旋回。
阻山带河防地灾，
滑坡③治理护佑随。

注释：

①支离破碎：形容事物零散破碎，不成整体。支离：分散。清·汪琬《尧峰文钞·答陈霭公论文书一》："而及其求之以道，则小者多支离破碎而不合，大者乃敢于披猖磔裂，尽决去圣人畔岸，而剪拔其藩篱。"

②撑天拄地：犹言顶天立地。比喻一力扶持、担当，使局面处于正常状态。

③滑坡：指斜坡上的土体或者岩体，受河流冲刷、地下水活动、雨水浸泡、地震及人工切坡等因素影响，在重力作用下，沿着一定的软弱面或者软弱带，整体地或者分散地顺坡向下滑动的自然现象。

后记：

此诗作为"岩土支挡与锚固工程"课程之"第一章 岩土支挡与锚固工程基本原理"中"第二节 岩土支挡和锚固工程的原理和主要结构类型"的课堂小结。

83

极限状态 设计原则

2020 年 9 月 14 日

极往知来[①]设高楼，
限量荷载计研[②]周。
壮士解腕[③]原形露，
泰然自若[④]则声吼。

注释：

①极往知来：通晓过去，预知未来。极：深探，穷究。往：过去。知：知道，明了。来：未来，将来。唐·柳宗元《迎长日赋》："探赜索隐，得郊祀之元辰；极往知来，正邦家之大体。"

②计研：指精心研究计算。

③壮士解腕：比喻遇事要当机立断，采取果断措施，不能犹豫耽搁。明·袁于令《隋史遗文》第四十六回："毒蛇螫手，壮士解腕，英雄作事，不顾小名小义。今贪能容之虚名，受诛夷之实祸，还恐噬脐无及。"

④泰然自若：形容遇有变故或在紧急情况下态度镇静，一点儿也不慌乱。元·脱脱等《金史·颜盏门都传》："有敌忽来，虽矢石至前，泰然自若，乃号令士卒如平时，由是人益安附，而功易成焉。"

后记：

此诗作为"岩土支挡与锚固工程"课程之"第一章 岩土支挡与锚固工程基本原理"中"第三节 岩土支挡与锚固工程设计原则"的课堂小结。

84

土侧压力　三大要素

2020 年 9 月 17 日

土龙致雨①三分鼎，
侧足而立大计新。
压山探海②要隘致，
力学笃行③素志平。

注释：

①土龙致雨：旧时迷信的人认为土龙可以引来雨云。比喻无用的东西也有利用的机会或场合。土龙：用土制成的龙，古代用以乞雨。汉·刘安等《淮南子·地形训》："磁石上飞，云母来水，土龙致雨，燕雁代飞。"

②压山探海：形容人数众多。清·石玉昆《小五义》："正走间，过了一个村子，出了村口，看见村外一伙人，压山探海瞧着热闹。"

③力学笃行：勤勉学习且确切实践所学。笃：坚定。宋·陆游《陆伯政〈山堂类稿〉序》："伯政家世为儒，力学笃行，至老不少衰。"

后记：

此诗作为"岩土支挡与锚固工程"课程之"第二章　土压力与滑坡推力"中"第一节　概述"的课堂小结。

85

库仑理论　墙背竖直

2020 年 9 月 21 日

库楼星官[①]墙脚深，
仑菌关山背水成。
理不忘乱[②]竖议急，
论甘忌辛[③]直梦真。

注释：

①库楼星官：中国古代星官之一，属于二十八宿的角宿，意为"武器库"。它位于现代星座划分的半人马座，含有 10 颗恒星。

②理不忘乱：国家得以平安治理的时候，不能忘记混乱的日子。理：意为治理得好，秩序安定。后晋·刘昫《旧唐书·柳泽传》："伏惟陛下安不忘危，理不忘乱，存不忘亡，则克享天心，国家长保矣。"

③论甘忌辛：说到甘甜的就忌讳辛辣的。后比喻有所好而偏执。甘：味美；甜。忌：禁忌；忌讳。南朝·梁·江淹《杂体诗序》："至于世之诸贤，各滞所迷，莫不论甘而忌辛，好丹而非素。"

后记：

此诗作为"岩土支挡与锚固工程"课程之"第二章　土压力与滑坡推力"中"第二节　土压力计算"的课堂小结。

86

滑坡推力　传递系数

2020 年 9 月 24 日

滑面勘察传数据，
坡土测试递化①迟。
推涛作浪②系苇苕，
力挽狂澜数算时。

注释：

①递化：顺次改变；逐步演变。唐·元结《说楚何惛王赋》："君王为臣化心，心化身，身化人。呜呼，递化之道，在制于内外。外之入也，有视听言闻；内之出也，有性情嗜欲。"

②推涛作浪：比喻助长坏人坏事，煽动情绪，制造事端。毛泽东《文汇报的资产阶级方向应当批判》："呼风唤雨，推涛作浪，或策划于密室，或点火于基层。"

后记：

此诗作为"岩土支挡与锚固工程"课程之"第二章 土压力与滑坡推力"中"第三节 滑坡推力计算"的课堂小结。

87

重力挡墙 稳定验算

2020 年 9 月 28 日

重如千钧①稳坡土，
力微任重②定威武。
挡护千家验覆③细，
墙根基深算择④苦。

注释：

①重如千钧：非常重。也比喻事情十分的重要。汉·班固《汉书·枚乘传》："夫以一缕之任系千钧之重，上县无极之高，下垂不测之渊，虽甚愚之人犹知哀其将绝也。"

②力微任重：能力小而任务重。微：小。唐·张说《让平章事表》："若志小谋大，力微任重，岂敢顾惜贱躯。"

③验覆：检查复核。

④算择：选择。

后记：

此诗作为"岩土支挡与锚固工程"课程之"第三章 挡土墙计算与设计"中"第一节 挡土墙的基本类型""第二节 重力式挡土墙设计"的课堂小结。

88

悬臂构造　截面尺寸

2020 年 10 月 11 日

悬河注火①截击行，
臂腕铁铸面授清。
构怨连兵②尺刃握，
造微入妙③寸土赢。

注释：

①悬河注火：大水倾泻在火焰上。比喻用强大的力量发起进攻，必胜无疑。悬河：倾泻而下的河流。唐·姚思廉《梁书·武帝本纪上》："况拥数州之兵以诛群竖，悬河注火，奚有不灭？"

②构怨连兵：因结怨而战争不断。构怨：结怨。连兵：连年交战。唐·令狐德棻《周书·杜杲传》："本朝与陈，日敦邻睦，辂轩往返，积有岁年。比为疆场之事，遂为仇敌，构怨连兵，略无宁岁，鹬蚌狗兔，势不俱全。"

③造微入妙：指达到精微高妙的境界。宋·吴曾《能改斋漫录·沿袭》："贺方回'淡黄杨柳带栖鸦'、秦处度'藕叶清香胜花气'二句，写景咏物，可为造微入妙。"

后记：

此诗作为"岩土支挡与锚固工程"课程之"第三章　挡土墙计算与设计"中"第三节　悬臂式与扶壁式挡土墙设计"的课堂小结。

89

拉筋坚固　连接面板

2020 年 10 月 12 日

拉绊承载连雕栏，

筋骨并重①接岩磐。

坚不可摧②面无惧，

固本浚源③板桩安。

注释：

①筋骨并重：治则。指治疗中骨与软组织并重，治骨的同时要治筋。属中西医结合治疗骨折的原则。

②坚不可摧：形容非常坚固，摧毁不了。清·叶燮《原诗》："惟力大而才能坚，故至坚而不可摧也。"

③固本浚源：指打牢根基、疏通源头，以推动事业的发展和进步。唐·魏征《谏太宗十思疏》："求木之长者，必固其根本；欲流之远者，必浚其泉源。"

后记：

此诗作为"岩土支挡与锚固工程"课程之"第三章　挡土墙计算与设计"中"第四节　加筋土挡土墙设计"的课堂小结。

90

基坑工程　侧壁稳定

2020 年 10 月 15 日

基底宽广侧视桩，
坑深水高壁障①长。
工况②计算稳边土，
程巧出山定安康。

注释： --

①壁障：指屏障，遮挡物。
②工况：生产过程中的状况或工艺条件。

后记： --

此诗作为"岩土支挡与锚固工程"课程之"第四章　基坑支护结构计算与设计"中"第一节　概述""第二节　悬臂式支护结构设计计算"的课堂小结。

91

单支撑墙　支护体系

2020 年 10 刀 22 日

单刀赴会①支危局，
支分节解②护坑基。
撑天挂地体玄妙③，
墙上花开系丹梯。

注释：

①单刀赴会：原指蜀将关羽携带单刀赴东吴宴会。后泛指一个人冒险赴约。晋·陈寿《三国志·吴志·鲁肃传》："备既定益州，权求长沙、零、桂，备不承旨。权遣吕蒙率众进取。备闻，自还公安，遣羽争三郡。肃住益阳，与羽相拒。肃邀羽相见，各驻兵马百步上，但请将军单刀俱会。"

②支分节解：把肢体和关节分解开来。剖析义理详尽透彻。宋·朱熹《中庸章句序》："然后此书之旨，支分节解，脉络贯通，详略相因，巨细毕举。"

③玄妙：形容事理深奥微妙，难以捉摸。也泛指微妙的道理或诀窍。

后记：

此诗作为"岩土支挡与锚固工程"课程之"第四章 基坑支护结构计算与设计"中"第三节 单支撑桩墙设计计算"的课堂小结。

92

多层支撑　等值梁法

2020 年 10 月 26 日

多闻阙疑[①]等望听，
层楼叠榭值万金。
支策据梧[②]梁坚韧，
撑抉基坑法规擎。

注释：

①多闻阙疑：要多听，有不懂之处则存疑。指谦虚谨慎的治学态度。《论语·为政》："多闻阙疑，慎言其余，则寡尤。多见阙殆，慎行其余，则寡悔。言寡尤，行寡悔，禄在其中矣。"

②支策据梧：形容用心劳神。《庄子·齐物论》："昭文之鼓琴也，师旷之枝策也，惠子之据梧也，三子之知，几乎皆其盛者也，故载之末年。"

后记：

此诗作为"岩土支挡与锚固工程"课程之"第四章　基坑支护结构计算与设计"中"第四节　多层支撑桩墙设计计算"的课堂小结。

93

地下连墙　挡土止水

2020 年 10 月 29 日

地平天成挡深坑，
下乔入幽土侧稳。
连镳并轸①止兵戈，
墙宇如磐水幕横。

注释：

①连镳并轸：马连着马，车并着车。指并驾齐驱，携手共进。比喻彼此的力量或才能不分高下。镳：马嚼子两头露在嘴外的部分。轸：车箱后边的横木，这里指车。清·沈德潜《明诗别裁集序》："洪武之初，刘伯温之高格，并以高季迪、袁景文诸人各逞才情，连镳并轸。"

后记：

此诗作为"岩土支挡与锚固工程"课程之"第四章　基坑支护结构计算与设计"中"第五节　地下连续墙"的课堂小结。

94

土钉技术　防护边坡

2020 年 11 月 2 日

土层挤密防滑动，
钉杆深入护地龙。
技经肯綮①边协力，
术略②精准坡锦丛。

注释：

①技经肯綮：正好切中事物的关键。《庄子·养生主》："依乎天理，批大郤，导大窾，因其固然。技经肯綮之未尝，而况大軱乎！"

②术略：韬略；谋略。宋·岳飞《御书屯田三事跋》："若三子者，知重本务农，使兵无艰食，其谋猷术略皆不在人下，才有足称者。"

后记：

此诗作为"岩土支挡与锚固工程"课程之"第四章　基坑支护结构计算与设计"中"第六节　土钉墙计算与设计"的课堂小结。

95

嵌固长度　设计重点

2020 年 11 月 5 日

嵌入基岩设防中，
固本正源①计策②同。
长缨在手重抗滑，
度长絜大点睛龙。

注释：

①固本正源：让根基牢固而不可动摇，在源头上端正方向目标。

②计策：为对付某人或某种情势而预先安排的方法或策略。明·冯梦龙、清·蔡元放《东周列国志》第八十二回："召浑良夫计议：'用何计策，可复得宝器？'"

后记：

此诗作为"岩土支挡与锚固工程"课程之"第五章 抗滑桩计算与设计"中"第一节 概述""第二节 作用在抗滑桩上的力""第三节 抗滑桩的设置原则"的课堂小结。

96

弹性桩基　内力计算

2020 年 11 月 9 日

弹斤估两①内平衡，
性命关天②力竭声。
桩体变形计微量，
体玄察妙③算谋④成。

注释：

①弹斤估两：形容掂量轻重。

②性命关天：形容关系重大，非常紧要。关天：关系重大。元·王仲文《救孝子贤母不认尸》第四折："他本是一个寒儒，怎犯下十恶大罪？方信道日月虽明，不照那覆盆之内。我为甚重推重审？却不道人性命关天关地！"

③体玄察妙：体察玄妙。南朝·梁·刘孝标注《世说新语·文学》"谢万作《八贤论》"云："其旨以处者为优，出者为劣。孙绰难之，以谓体玄识远者，出处同归。"

④算谋：指通过计算和谋划来达到某种目的的策略或计谋。

后记：

此诗作为"岩土支挡与锚固工程"课程之"第五章　抗滑桩计算与设计"中"第四节　抗滑桩的内力计算"的课堂小结。

97

抗滑桩基　结构设计

2020 年 11 月 12 日

抗心希古结善果，
滑泥扬波①构恶行。
桩橛制宜设机巧②，
基址坚固计策新。

注释：

①滑泥扬波：与泥水相混，与浊水同流。比喻随波逐流，不知自洁。战国·屈原《楚辞·渔父》："圣人不凝滞于物，而能与世推移。世人皆浊，何不淈其泥而扬其波。"

②机巧：灵活巧妙的机械装置。

后记：

此诗作为"岩土支挡与锚固工程"课程之"第五章　抗滑桩计算与设计"中"第五节　地基强度校核""第六节　抗滑桩结构设计"的课堂小结。

98

锚固原理　悬梁挤压

2020 年 11 月 19 日

锚定危岩①悬吊紧，
固壁稳土梁成林。
原始察终②挤密土，
理胜其辞③压轴琴。

注释：

①危岩：高耸峥嵘的山岩。明·徐弘祖《徐霞客游记·滇游日记六》："顶上危岩叠叠，峡东亘岩一支，南向而下，即悉檀寺所倚之支也。"

②原始察终：指探求事物发展的起源和结果。汉·司马迁《史记·太史公自序》："王迹所兴，原始察终，见盛观衰，论考之行事，略推三代，录秦汉，上记轩辕，下至于兹，著十二本纪，既科条之矣。"

③理胜其辞：指文章的说理多，而辞采却显得不足。晋·惠远《三法度经序》："或文过其意，或理胜其辞，以此考彼，殆兼先典。"

后记：

此诗作为"岩土支挡与锚固工程"课程之"第六章 锚固结构设计"中"第一节 概述""第二节 锚固的作用原理计"的课堂小结。

99

灌浆锚杆　端部扩大

2020 年 11 月 19 日

灌顶醍醐①端本源，
浆液凝固部界②坚。
锚定碎岩扩孔慎，
竿立影见③大音弦。

注释：

①灌顶醍醐：犹醍醐灌顶。佛教以醍醐灌人之顶。多比喻灌输智慧，使人彻底醒悟。也比喻精微的道理，给人以极大的启发。醍醐：从牛奶中提炼出来的精华，佛教用来比喻最高的佛法。灌顶：佛教仪式，弟子入门须经本师用醍醐或水浇灌头顶。《敦煌变文集·维摩诘经讲经文》："今问维摩，闻名之如露入心，共语似醍醐灌顶。"

②部界：区域；界域。

③竿立影见：犹立竿见影。在阳光下竖起竹竿，立刻就显出它的影子。比喻收效迅速，见效很快。汉·魏伯阳《周易参同契·父母滋禀章》："立竿见影，呼谷传响，岂不灵哉！"

后记：

此诗作为"岩土支挡与锚固工程"课程之"第六章　锚固结构设计"中"第三节　灌浆锚杆设计"的课堂小结。

100

锚杆施工　提质保量

2020 年 11 月 23 日

锚固[①]注浆提抗力，

杆头直上质伛曲[②]。

施谋设计保稳定，

工程验收量有余。

注释：

①锚固：指钢筋被包裹在混凝土中，让混凝土与钢筋联接，使建筑物更牢固，目的是使两者能共同工作以承担各种应力（协同工作承受来自各种荷载产生的压力、拉力以及弯矩、扭矩等）。

②质伛曲：犹质伛影曲。本体伛偻，影子也必然是弯曲的。比喻有因必有果。伛：曲（背）；弯（腰）。唐·李玫《纂异记·齐君房》："质伛影曲，报应宜然。"

后记：

此诗作为"岩土支挡与锚固工程"课程之"第六章 锚固结构设计"中"第四节 锚杆施工""第五节 现场试验与监测"的课堂小结。

第四篇

教改教研

101

非常必要　保速提质

2019 年 10 月 18 日

非月之功保安全，
常怀戒心①速发展。
必须培训提素养，
要求严格质量强。

注释：

①戒心：戒备之心；警惕心。

后记：

2019 年 10 月 18 日，资源与环境工程学院群里发布了"安全培训通知"。笔者看到江小华老师说"非常必要"，就作此小诗。

102

校企合作　促进教学

2019 年 10 月 26 日

校短推长①促发展，
企足而待②进阶堂。
合胆同心③教玉璞④，
作育人才学问强。

注释：

①校短推长：比喻过分计较无关紧要的小事。也指衡量人或物的长处和短处。唐·冯宿《魏府狄梁公祠堂碑》："婓伊侈谋，将易储皇。公陈不可，校短推长。"

②企足而待：抬起脚后跟来等着。比喻盼望很快就能实现。企足：踮起脚。宋·吕祖谦《东莱博议》卷四："巍然被衮，号称天子，顾乃企足矫首，待晋之予夺以为轻重，何其衰也！"

③合胆同心：犹言同心同德。

④玉璞：未经琢磨的玉石。也比喻怀才不遇的人。

后记：

中国地质学会地质教育研究分会 2019 年学术年会于 2019 年 10 月 26 日召开。笔者在会上作了一个题为"校企合作的地质工程专业实践教学改革与探索"的汇报。此小诗作为汇报小结在 PPT 最后一页。

103

致敬东华　感谢中地

2019 年 10 月 26 日

致知格物感悟深，

敬业乐群①谢意诚。

东风化雨中桃柳，

华星秋月②地质情。

注释：

①敬业乐群：专心于学业或工作，乐于与同事、朋友一起切磋、交流。《礼记·学记》："一年视离经辨志，三年视敬业乐群。"

②华星秋月：像星星那样闪闪发光，如秋月那样清澈明朗。形容文章写得非常出色。唐·杜甫《同元使君春陵行》："两章对秋月，一字偕华星。"

后记：

中国地质学会地质教育研究分会 2019 年学术年会于 2019 年 10 月 26 日召开。笔者在会上作了一个题为"校企合作的地质工程专业实践教学改革与探索"的汇报。此小诗放在 PPT 开头。

104

青年才俊　南昌论剑

2019 年 10 月 27 日

青竹丹枫南山长，
年壮气锐昌课堂。
才墨之薮①论教启，
俊采星驰②剑留香。

注释：

①才墨之薮：谓文人聚集的地方。薮：指人或东西聚集的地方。清·龚自珍《书金伶》："噫！江东才墨之薮，楼池船楫之观，灯酒之娱，春晨秋夕之游，美人公子，怜才好色，姚冶跌逷之乐，当我生之初，颇有存焉者矣。"

②俊采星驰：意指天下的才俊如同繁星闪耀。唐·王勃《滕王阁序》："雄州雾列，俊采星驰。"

后记：

祝第二届全国大学青年教师地质课程教学比赛圆满成功！

比赛于 2019 年 10 月 26—27 日举行。笔者于 10 月 27 日中午作此小诗，发于会议微信群。

105

祝福资环　日盛月强

2019 年 11 月 11 日

祝融山①高日登峰，
福泰安康盛世同。
资深望重②月影荷，
环山翠竹强青松。

注释：

①祝融山：指祝融峰，衡山的最高峰，位于湖南省衡阳市南岳区，被誉为"南岳四绝之首"。

②资深望重：资历深，声望高。宋·苏轼《答试馆职人启》："非独使之业广而材成，抑将待其资深而望重。"

后记：

2019 年 11 月 12 日下午，笔者在资源与环境工程学院（简称"资环学院"）作一个为时半小时的"师德师风建议"讲座（讲座内容：岩土工程勘察课程思政建设），在讲座 PPT 的最后一页写此小诗祝福学院越来越好。

106

教材建设　非常重要

2019 年 11 月 22 日

教学相长①非一时，
材雄德茂②常久持。
建瓴高屋重基础，
设喻说理要深思。

注释： --

①教学相长：指教和学双方相互促进。后多指老师和学生之间互相促进，共同提高。《礼记·学记》："是故学然后知不足，教然后知困。知不足，然后能自反也；知困，然后能自强也。故曰：教学相长也。"

②材雄德茂：指才德杰出。德茂：谓道德美盛。唐·韩愈《送汴州监军俱文珍并序》："其监统中贵，必材雄德茂，荣耀宠光，能俯达人情，仰喻天意者，然后为之。"

后记： --

2019 年 11 月 22 日，此诗用于笔者 2019 年"岩土工程勘察"教材整改建设中期汇报 PPT 中作为小结。

107

教学改革　培育人才

2019 年 11 月 22 日

教无常师①培玉瑶，
学行修明②育秧苗。
改柱张弦③人中凤，
革故鼎新④才德高。

注释：

①教无常师：在接受教育上没有固定的老师。《尚书》："德无常师，主善为师。"

②学行修明：学问和品行都很出色。北齐·魏收《魏书·崔鉴传》："崔鉴，字神具，博陵安平人。父绰，少孤，学行修明，有名于世。"

③改柱张弦：改换琴柱，另张琴弦。比喻改革制度或变更方法。琴柱、弦：琴弦。明·陈汝元《金莲记·射策》："玉陛舒奇抱，看琐尾啼饥众纷扰。惟改柱张弦，抡才访道。"

④革故鼎新：革除旧的，建立新的。鼎新：立新。

后记：

2019 年 11 月 22 日，此诗用于笔者 2018 年江西省教改中期汇报 PPT 中作为小结。

108

同心协力　奋勇前行　感谢大家　关心地质

2019 年 12 月 31 日

同室教研感召深，
心系资环谢贺诚。
协同育人大道在，
力学笃行家书珍。
奋起直追关山月，
勇攀高峰心有生。
前挽后推①地尽利，
行远自迩②质朴真。

注释：

①前挽后推：前边有拉着的，后边有推着的。比喻不得不往前进。春秋·左丘明《左传·襄公十四年》："卫君必入！夫二子者，或挽之，或推之，欲无入，得乎？"

②行远自迩：到远处去必须从近处起步。比喻学习、做事要由浅入深，扎扎实实，循序前进。行远：行长途，走远路。自：从。迩：近。《礼记·中庸》："君子之道，辟如行远必自迩，辟如登高必自卑。"

后记：

2019 年 12 月 31 日下午，笔者在学院会议上进行教研室述职。此诗放在汇报 PPT 开头。

109

一九辉煌　二〇更好

2019 年 12 月 31 日

一鼓作气[①]二鼓雄，
九层之台零珠琼[②]。
挥斥八极[③]更新史，
煌熠资环好兆中。

注释：

①一鼓作气：原指作战开始时士气最盛。现在指鼓足勇气或趁着勇气十足时一口气完成。春秋·左丘明《左传·庄公十年》："夫战，勇气也。一鼓作气，再而衰，三而竭。"

②珠琼：玉珠。常用于比喻露珠、水珠、雪珠等。

③挥斥八极：形容人气概非凡，不可一世。《庄子·田子方》："夫至人者，上窥青天，下潜黄泉，挥斥八极，神气不变。"

后记：

2019 年 12 月 31 日下午，笔者在学院会议上进行教研室述职。此诗放在汇报 PPT 末尾。

110

岩勘考试　有点头痛

2020 年 6 月 8 日

岩崖①高岭有青松，
勘察求真点奇功。
考试闭卷头欲裂，
试看学霸痛写中。

注释：

①岩崖：山崖。

后记：

2020 年 6 月 8 日 19：30—21：10，同孙涛、刘强老师监考笔者教授的
"岩土工程勘察"。有几名同学考试时总看着笔者，笔者走过去看，问他们
难不难，他们说"头痛"。笔者还看到徐文静等几名同学一直在低头写卷。
于是在黑板上写了这首诗。

111

气温宜人　地灾必过

2020 年 6 月 11 日

气蒸云泽地生烟，
温情铁汉灾防严。
宜志报国必遂愿，
人龙①舞凤②过九天。

注释：

①人龙：比喻人中俊杰。

②凤舞：旧传国家太平，君王仁慈，则凤凰来仪，因以"舞凤"为文教昌明之典。

后记：

2020 年 6 月 11 日，和赵仲芳、刘强老师监考笔者教授的"地质灾害防治"，考试地点在黄金 11D1 教室。教室开了空调，一个多小时过去了，笔者看大家考得还不错，就在黑板上写了这首诗。

112

概率统计　喜迎大考

2020 年 7 月 10 日

概莫能外[①]喜释疑，
率志勤学迎难题。
统筹兼顾[②]大步越，
计研心算考佳绩。

注释：

①概莫能外：一概不能除外。指都在所指范围之内。概：全部，一概。

②统筹兼顾：通盘筹划，顾及各个方面。清·刘坤一《复松峻帅》："同属公家之事，务望统筹兼顾，暂支目前。"

后记：

2020 年 7 月 10 日，9：00—10：40 在黄金校区 1105 教室监考冶金工程 2017 级"概率统计"，监考期间在黑板上写此诗祝同学们取得好成绩。

113

情深意长 感谢有你

2020 年 9 月 6 日

情坚金石^①感言声，
深铭肺腑谢意^②诚。
意气相许有知己，
长风破浪^③你成真。

注释：

①情坚金石：彼此感情像金石一样牢固。元·宫天挺《死生交范张鸡黍》第一折："情坚金石，终始不改。"

②谢意：感谢的心意。

③长风破浪：乘着大风，冲开浪头前进。也形容为了实现远大理想而冲破阻力，奋勇前进。长风：从远处吹来的风，大风。南朝·梁·沈约《宋书·宗悫传》："悫年少时，炳问其志，悫曰：'愿乘长风，破万里浪。'"

后记：

2020 年 9 月 6 日，笔者在学校学工系统辅导员培训班上作"班主任工作汇报——学生就是自己的孩子"的汇报。此诗放在 PPT 末尾用于汇报小结。

114

学生成长　家国未来

2020 年 9 月 6 日

学行修明家荣光，
生气蓬勃①国栋梁。
成才报国未忘志，
长风劲帆②来日煌。

注释：

①生气蓬勃：精神抖擞，充满生机、朝气的样子。
②长风劲帆：在强劲的风中，船只乘风破浪，航速迅疾。

后记：

2020 年 9 月 6 日，笔者在学校学工系统辅导员培训班上作"班主任工作汇报——学生就是自己的孩子"的汇报。此诗放在 PPT 开头。

115

产学合作　培育人才

2020 年 11 月 27 日

产植春苗培琼枝，
学行修明育桃李。
合璧连珠①人杰灵，
作金石声才思奇。

注释：

①合璧连珠：古代天文学中指在某个特定时刻，太阳初升而月亮未落如双璧，众星排列如串珠的景象。古人视其为吉祥的征兆。后多比喻美好的人或事物凑在一起。

后记：

2020 年 11 月 27 日，此诗为放在江西省教改课题"校企产学研合作的地质工程专业实践教学创新研究"结题 PPT 开头的藏头诗。

116

身体健康　工作愉快

2020 年 11 月 27 日

身遥心迩工力新，
体大思精①作歌行。
健笔如椽②愉怿话，
康宁流水③快意情。

注释：

①体大思精：指文章、设计等规模宏大，构思精密。体：格局，规模。思：构思。精：细密的。南朝·宋·范晔《狱中与诸甥侄书》："此书行，故应有赏音者。纪传例为举其大略耳，诸细意甚多。自古体大而思精，未有此也。"

②健笔如椽：像椽子一般粗大、巨大的笔。比喻记录大事的手笔。也比喻笔力雄健的文辞。健笔：雄健的笔，谓善于为文，亦借指雄健的文章。椽：椽子，房梁。

③康宁流水：健康安宁，像流动的水一样接连不断。

后记：

2020 年 11 月 27 日，此诗为放在江西省教改课题"校企产学研合作的地质工程专业实践教学创新研究"结题 PPT 末尾的藏头诗。

117

祝福资环　日盛月强

2021 年 5 月 18 日

祝酒东风日华升，
福不徒来①盛才成。
资源富足月新异，
环窗桃李强院真。

注释：

①福不徒来：幸福不会无故地到来。徒：白白地。汉·司马迁《史记·龟策列传》："谏者福也，谀者贼也。人主听谀，是愚惑也。虽然，祸不妄至，福不徒来。"

后记：

2021 年 5 月 18 日，笔者在资环学院作"课程思政"讲座。此诗放在 PPT 最后一页。

118

赣南科院　万事如愿

2021 年 6 月 1 日

赣江①涛涌万帆发，
南船北马②事年华。
科研教学如荼火，
院育桃李愿景佳。

注释：

①赣江：长江主要支流之一，江西省最大河流，位于长江中下游南岸，源出赣闽边界武夷山西麓，自南向北纵贯江西全省。

②南船北马：古时交通，南方以乘船为主，北方以骑马为主。形容四处奔波。也指南来北往的人。

后记：

2021 年 6 月 1 日下午，笔者在赣南科技学院作"课程思政"讲座。此诗放在 PPT 最后一页。

119

江西应院　万事如愿

2021 年 6 月 4 日

江天一色①万里云，
西窗剪烛②事诗琴。
应变将略如期至，
院宇③庭深愿果行。

注释：

①江天一色：浩瀚的江水与天际融汇成一种颜色，不能分辨。形容江水浩渺辽阔。唐·张若虚《春江花月夜》："江天一色无纤尘，皎皎空中孤月轮。"

②西窗剪烛：原指思念远方妻子，盼望相聚夜语。后泛指亲友聚谈。唐·李商隐《夜雨寄北》："何当共剪西窗烛，却话巴山夜雨时。"

③院宇：有院墙的屋宇；院落。

后记：

2021 年 6 月 4 日下午，笔者在江西应用技术学院作"课程思政"讲座。此诗放在 PPT 最后一页。

120

绿水青山 金山银山

2021 年 7 月 3 日

绿野平畴①金桂香，
水到渠成②山映霜。
青云万里银华树，
山鸣谷应③山连江。

注释：

①平畴：指平坦的田野。

②水到渠成：水流到的地方自然成渠。比喻顺着自然趋势，条件成熟，事情自然成功。宋·苏轼《答秦太虚书》："至时别作经画，水到渠成，不须预虑。"

③山鸣谷应：高山发出声音，深谷有回声相应。形容声响在山谷间回荡。也比喻此呼彼应，互相配合。宋·苏轼《后赤壁赋》："划然长啸，草木震动，山鸣谷应，风起水涌。"

后记：

2021 年 7 月 3 日，在江西省生态地质环境学会成立大会学术报告会上，笔者作了一个学术交流报告。此诗放在 PPT 开头。

121

地环学会　扬帆起航

2021 年 7 月 3 日

地灵人杰①扬歌欢，
环山秋水帆举张。
学以致用②起锚地，
会聚群雄航豫章③。

注释：

①地灵人杰：杰出的人出生或到过的地方会成为名胜之地。灵秀之地出杰出人物。后也指某地拥有杰出的人物和秀美的山川。唐·王勃《滕王阁序》："人杰地灵，徐孺下陈蕃之榻。"

②学以致用：学习知识能用于实际。元·蒲道源《送薛仲章之宪司书吏序》："君见予以辞去不得卒业为恨，予谓之曰：'夫学以致用也。'"

③豫章：郡名，汉高帝五年(前 202)置，郡治南昌。江西作为明确的行政区域建制，拥有的第一个名字就是"豫章"，后来区划上的范围缩小，隋开皇九年(589)废。大业及唐天宝、至德时又曾改洪州为豫章郡。

后记：

2021 年 7 月 3 日，在江西省生态地质环境学会成立大会学术报告会上，笔者作了一个学术交流报告。此诗放在 PPT 末尾。

122

暑期实习

2021 年 7 月 9 日

炎炎酷暑，拳拳师心。

天南地北，培育桃林。

跋山涉水，识古知今。（注：地质工程专业）

挖掘宝藏，点石成金。（注：采矿工程专业）

精磨细选，弃旧扬新①。（注：矿物加工工程专业）

青山绿水，科技先行。（注：环境工程专业）

安全生产，尽责有情。（注：安全工程专业）

生物促力，浊水扬清。（注：生物工程专业）

春播秋收，天道酬勤。

立德树人，不忘初心。

注释： --

①弃旧扬新：指继承和发扬旧事物内部积极、合理的因素，抛弃和否定旧事物内部消极的、丧失必然性的因素，是发扬与抛弃的统一，是在保留精华的基础上剔除糟粕。

后记： --

2021 年 7 月 9 日下午，在去上饶干部学院培训的车上，笔者看到"资环大家庭"微信群带队实习老师发的实习照片，非常感谢老师们对人才培养的辛勤付出，于是写此小诗发群里。

123

校强院壮　师生幸福

2021 年 9 月 6 日

校风严谨师德高，
强弓劲弩^①生辉霄。
院深桃芳幸勉志，
壮气凌云^②福祈招。

注释：

①强弓劲弩：意为强有力的弓，坚硬的弩。比喻装备精良，富有战斗力。明·冯梦龙、清·蔡元放《东周列国志》第九十回："韩地方九百余里，带甲数十万，然天下之强弓劲弩，皆从韩出。"

②壮气凌云：豪壮的气概高入云霄。壮气：豪迈、勇壮的气概。凌云：直上云霄。明·施耐庵《水浒传》第六十一回："杀场临敌处，冲开万马，扫退千军。更忠肝贯日，壮气凌云。"

后记：

2021 年 9 月 6 日，笔者任职期满，学校组织部在资环学院召开述职述评大会。此诗为放在"试用期满考核工作总结汇报"6 分钟发言末尾的藏头诗。

124

教书育人　千秋大业

2021 年 9 月 14 日

教学相长千里行，
书功竹帛①秋色吟。
育苗成林大步越，
人尽其才②业精勤。

注释：

①书功竹帛：把功绩写在竹简绢帛上。比喻载入史册。晋·陈寿《三国志·蜀志·先主传》："今欲为使君合步骑十万，上可以匡主济民，成五霸之业，下可以割地守境，书功于竹帛。"

②人尽其才：指每个人都能够充分发挥自己的才能。汉·刘安等《淮南子·兵略训》："若乃人尽其才，悉用其力，以少胜众者，自古及今未尝闻也。"

后记：

2021 年 9 月 14 日，资环学院召开 2021—2022 学年第一学期第一次全院职工大会。笔者在关于教学工作安排 PPT 最后一页放此藏头诗。

125

资环老师　战力超强

2022 年 2 月 22 日

资深垒高战西风，
环歌燕语力争雄。
老聃东来^①超紫气，
师风严谨强瑶琼^②。

注释：

①老聃东来：传说老子过函谷关之前，关尹喜见有紫气从东而来，知道将有圣人过关。果然老子骑着青牛而来。旧时比喻吉祥的征兆。老聃：老子，中国古代思想家、哲学家、文学家，道家学派创始人和主要代表人物。紫气：紫色的霞气，古人以为祥瑞的征兆。

②瑶琼：泛指美玉或者美石。

后记：

2022 年 2 月 22 日下午，资环学院召开全院职工大会。笔者在"学期初教学工作安排和 2022 年教学重点工作"PPT 中最后一页放此藏头诗。

126

四融协同　培育人才

2022 年 4 月 9 日

四海桃李培育琢，

融会通浃①育苗多。

协心戮力②人师志，

同归殊途③才情卓。

注释：

①融会通浃：把各方面的知识和道理融合贯通，得到全面透彻的理解。融：融合，调和。会：聚合，合在一起。通：没有阻碍，可以穿过，能够达到。浃：透，遍及。宋·叶适《司农卿湖广总领詹公墓志铭》："已而遍观诸书，博求百家，融会通浃。天文、地理、象数、异书，无不该极。"

②协心戮力：思想一致，并同努力。协心：同心；齐心。戮力：合力；并力。宋·欧阳修、宋·宋祁《新唐书·韦陟传》："若不斋盟质信，以示四方，知吾等协心戮力，则无以成功。"

③同归殊途：到同一目的地而走不同的道路。比喻得到同一的结局而采取不同的方法。归：归宿。殊：不同。途：道路。《周易·系辞下》："天下同归而殊途，一致而百虑。"

后记：

2022 年 4 月 9 日上午，学校在资环学院召开国家教学成果奖申报调度会。笔者在汇报的 PPT 中最后一页放此诗作为小结。

127

严格监考　教师天职

2022 年 5 月 31 日

严以律己①教有方，
格物致知师道强。
监督执纪天经义，
考名责实②职荣光。

注释：

①严以律己：指对自我进行严格的要求。严：严格。律：约束。宋·陈亮《谢曾察院启》："严于律己，出而见之事功；心乎爱民，动必关乎治道。"

②考名责实：考查名称与实际是否相符。考：考查。责：要求。唐·刘知幾《史通·题目》："巨细毕载，芜累甚多，而俱榜之以略，考名责实，奚其爽欤？"

后记：

2022 年 5 月 31 日下午，笔者在资环学院全院会议上作了一个题为"严格监考　教师天职——如何做一名优秀的监考老师"的报告。此诗放在报告 PPT 最后一页作为小结。

128

潜心教研　专业一流

2022 年 8 月 30 日

潜心采矿专克坚，
心系矿加业领先。
教会地质一生物，
研究环境流云天①。

注释：

①流云天：云彩流动的天气。

后记：

2022 年 8 年 30 日下午，资环学院召开全院教工大会。笔者在会上汇报开学初教学工作，作此小诗放在 PPT 末尾作为小结。学院现有采矿、矿加、环境、地质、生物 5 个专业。

129

课程思政　育才树人

2022 年 10 月 15 日

课堂内外育桃李，
程行为先①才识齐。
思睿观通②树功业，
政治坚定人才集。

注释：

①程行为先：人以德行为先，人要把品德放在首位。

②思睿观通：善思善通善行。思：思维。睿：通达。观：智慧。通：通达。"思睿"出自《尚书·洪范》："思曰睿……睿作圣"；"观通"出自《周易·系辞》："观其会通，而行其典礼"。

后记：

2022 年 10 玥 1 日，在三江校区启航会议中心一号会议厅召开学校课程思政研究中心会议与经验交流会。笔者作了一个经验交流汇报，写此小诗作为 PPT 汇报小结。

130

安全健康　万家平安

2023 年 4 月 23 日

安居乐业①万家新，
全局在胸家温馨。
健全机制②平风浪，
康庄大道安稳行。

注释：

①安居乐业：指安定愉快地生活和劳动。《老子》："民各甘其食，美其服，安其俗，乐其业，至老死不相往来。"
②健全机制：使机制完善。

后记：

2023 年 4 月 23 日，笔者到会昌为会昌县应急管理局作安全培训。此诗为放在 PPT"乡村安全风险辨识及隐患治理"第一页的小诗。

131

今日会昌　风景更好

2023 年 4 月 23 日

今非昔比^①风云涌，
日升月恒^②景星雄。
会逢其适^③更飞跃，
昌博九州好运通。

注释：

①今非昔比：指现在不是过去能比得上的，多指形势、自然面貌等发生了巨大的变化。宋·崔与之《崔清献公集·与循州宋守书》："循为南中佳郡，今非昔比矣。"

②日升月恒：太阳冉冉升起，月亮渐渐盈满。比喻事物兴盛发达。也用来祝颂人的事业发展。恒：上弦月渐趋盈满。《诗经·小雅·天保》："如月之恒，如日之升。"

③会逢其适：原指恰巧走到那儿了，后指正巧碰上了那件事。会：恰巧；适逢。适：往。隋·王通《文中子·周公》："子谓仲长子光曰：'山林可居乎？'曰：'会逢其适也，焉知其可？'"

后记：

2023 年 4 月 23 日，笔者到会昌县应急管理局作安全培训。此诗放在 PPT 最后一页。

132

挑战自我　江理辉煌

2023 年 5 月 4 日

挑灯夜读①江映烛，
战无不胜理据②服。
自告奋勇③辉景丽，
我辈当强煌熠途。

注释：

①挑灯夜读：在晚上拨亮灯火读书，比喻学习特别勤奋。
②理据：理由；根据。
③自告奋勇：积极主动地争取承担某事。告：表明。奋勇：鼓起勇气。

后记：

2023 年 5 月 4 日，笔者在学校"挑战杯"省赛赛前动员大会上作为教师代表发言。此诗为放在发言稿末尾的藏头诗。

133

四海朋友 万事如愿

2023 年 6 月 26 日

四方辐辏①万柳新，
海纳百川②事酒情。
朋心合力③如虎翼，
友风子雨愿景明。

注释：

①辐辏：车的辐条集凑于车轴心。比喻人或物聚集在一起。

②海纳百川：指大海可以容得下成百上千条江河之水。比喻包容的东西非常广泛，而且数量很大。晋·袁宏《三国名臣序赞》："形器不存，方寸海纳。"

③朋心合力：指团结一致，共同努力。南朝·宋·范晔《后汉书·李杜列传》："李杜司职，朋心合力。"

后记：

2023 年 6 月 26 日，笔者在 2023 年"突发事件风险防控与应急技术"高峰论坛上作了一个讲座。此诗为放在讲座 PPT 最后一页的小诗。

134

以评促教　为国育才

2023 年 7 月 11 日

以勤补拙①为学强，
评估过往国栋梁。
促进发展育桃李，
教学相长才志翔。

注释：

①以勤补拙：用勤奋来弥补自身的笨拙。含自谦意。隋·李德林《霸朝集序》："心无别虑，笔不暂停。或毕景忘餐，或连宵不寐。以勤补拙，不遑自处。"

后记：

2023 年 7 月 11 日，资环学院召开本科审核评估工作第六次推进会。此诗为笔者放在汇报 PPT 最后一页的诗。

135

人才培养　强国根基

2023 年 8 月 23 日

人杰濂溪强教育，
才涌文山国鸿儒。
培元①执中根深茂，
养韬②阅道基业足。

注释：

①培元：培养元神。
②养韬：隐藏才能，使不外露。

后记：

2023 年 8 月 25 日，学校在三江校区召开本科审核评估会议。笔者在会议上汇报学院本科审核评估及教育情况，此诗是作为汇报小结的藏头诗。濂溪楼、执中楼是学校行政办公楼，文山楼、阅道楼是教学楼。

136

审核评估　建改管强

2023 年 9 月 25 日

审时度势①建专业，
核实循名②改辕辙。
评议曲直③管质量，
估产成效强职责。

注释：

①审时度势：指分析现状，估量形势的发展变化。审：审察，审视。时：时机。度：估量，揣度。势：形势。唐·吕温《诸葛武侯庙记》："未能审时定势，大顺人心。"

②核实循名：按着名称或名义去寻找实际内容，使得名实相符。明·张居正《答浙江吴巡抚》："明主在上，方翕受敷施，循名核实，以兴太平之治。愿勉旃，毋自损，以孤舆望。"

③评议曲直：经议论而评定是非曲直。评议：经议论而评定；评论。

后记：

2023 年 9 月 25 日，资环学院召开大会。此诗为笔者放在"学院教学工作安排及审核评估工作部署"PPT 最后一页的诗。

137

专业思政　三全育人

2023 年 11 月 21 日

专心致志①三冬暖，
业精于勤②全真言。
思深忧远③育桃李，
政清人和④人如愿。

注释：

①专心致志：心思和志趣都集中到一点上。形容用心专注，集中全部精神。专：专一；集中。《孟子·告子上》："今夫弈之为数，小数也；不专心致志，则不得也。"

②业精于勤：指学业的精进在于勤奋。唐·韩愈《进学解》："业精于勤，荒于嬉；行成于思，毁于随。"

③思深忧远：思虑得深，为久远的事操心。形容考虑周到。春秋·左丘明《左传·襄公二十九年》："思深哉！其有陶唐氏之遗民乎？不然，何忧之远也。"

④政清人和：政治清明，人心归向，上下团结。唐·房玄龄等《晋书·诸葛恢传》："会稽内史诸葛恢莅官三年，政清人和，为诸郡首。"

后记：

2023 年 11 月 21 日，江西省教改项目"基于'三全育人'的专业思政的思政教育改革"结题。笔者在汇报 PPT 最后一页上写此诗，作为汇报小结。

138

地矿专业　资源先锋

2024 年 3 月 15 日

地大物博①资赋优，
矿藏丰富源广流。
专心致志先务急，
业广惟勤②锋锷③酬。

注释：

①地大物博：指国家疆土辽阔，资源丰富。

②业广惟勤：完成伟大的功业，在于辛勤不懈地工作。

③锋锷：剑锋和刀刃。借指刀剑等武器。借指物体的尖突部分。喻显露出来的才干和气势。

后记：

2024 年 3 月 15 日，笔者在学校作"资环学院教学成果培育项目"进展汇报。此诗为放在汇报 PPT 中的藏头诗。

139

德法兼修　鹏程万里

2024 年 4 月 23 日

德辐如羽①鹏霄翔，

法不徇情②程律详。

兼收并蓄万钧③力，

修身慎行里侯强。

①德辐如羽：指施行仁德并不困难，而在于其是否有志向。辐：古代一种轻便的车。晋·张华《励志诗》之三："仁道不遐，德辐如羽。求焉斯至，众鲜克举。"

②法不徇情：法律不徇私情。指执法公正，不讲私人感情。徇：顺从，遵从。情：人情，私情。明·罗贯中《三国演义》第七十二回："居家为父子，受事为君臣。法不徇情，尔宜深戒。"

③万钧：形容分量重或力量大。

后记：

2024 年 4 月 23 日晚，笔者在学校红旗校区为法学院学生作题为"近代地质与矿物学"的讲座。此诗放在讲座 PPT 第一页。

140

强国复兴　地质先行

2024 年 4 月 23 日

强识博闻①地中趣，
国士无双②质珠玉。
复正创新先辈忘，
兴德振旅③行云聚。

注释：

①强识博闻：指记忆力强，见闻广博。强识：强于记忆。博闻：多闻，见闻广博。

②国士无双：指一国独一无二的人才。比喻才能卓绝。国士：国中杰出的人物。无双：没有第二个。汉·司马迁《史记·淮阴侯列传》："诸将易得耳，至如信者，国士无双。"

③兴德振旅：指振兴道德，整顿军队。

后记：

2024 年 4 月 23 日晚，笔者在学校红旗校区为法学院学生作题为"近代地质与矿物学"的讲座。此诗放在讲座 PPT 最后一页作为讲座小结。

142

产业学院　万事如愿

2024 年 6 月 6 日

产业融合万象新，
业精于勤事功①吟。
学以致用如朝旭②，
院庭桃李愿景明。

注释：

①事功：事业和功绩。
②朝旭：初升的太阳。

后记：

2024 年 6 月 6 日，笔者到鹰潭市江西理工大学先进铜产业学院作班主任工作汇报交流。此诗为放在 PPT 最后一页的藏头诗。

142

浙江大学　心想事成

2024 年 7 月 9 日

浙杭钱塘①心潮高，
大学楷模想李桃。
南国风来事如意，
门曜九华成均②涛。

注释：

　　①钱塘：钱塘江，古称"浙"，全名"浙江"，又名"折江""之江""罗刹江"，一般浙江富阳段称为富春江，浙江下游杭州段称为钱塘江。钱塘江最早见名于《山海经》，因流经古钱塘县(今杭州)而得名，是吴越文化的主要发源地之一。钱塘江潮被誉为"天下第一潮"，是世界一大自然奇观。
　　②成均：古代的大学。泛称官设学校。

后记：

　　2024 年 7 月 9 日，笔者到浙江大学参加培训，参观浙江大学紫金港校区南门时写此诗。

第五篇

师生情谊

143

贺邓励强文雯新婚大喜

2019 年 10 月 5 日

励志如冰①迸发帆，
强弓劲弩贤才刚。
文江学海②赣江树，
雯云千态州花扬。

注释：

①励志如冰：指激励意志使身心如同晶莹的冰一样清白。励志：奋发志气，把精力集中在某方面。宋·郑兴裔《忠肃集·请禁传馈疏》："臣祖父以来，世守清白，束发入官，励志冰蘖。"

②文江学海：形容文章、学问像江海一样深广渊博。文江：文章似江河，百川荟萃。学海：学识如大海，浩瀚无边。唐·郑愔："文江学海思济航。"

后记：

邓励强：江西进贤人。文雯：江西赣州人。

144

二九一五

2019 年 10 月 12 日

二雄争锋山花开，
九天揽月①桂花栽。
一流队伍资环胜，
五陵豪气②谁敢来？

注释：

①九天揽月：幻想登上九重天摘下月亮。形容豪情满怀，壮志凌云。九天：极高的天空。揽：摘取。唐·李白《宣州谢朓楼饯别校书叔云》："俱怀逸兴壮思飞，欲上青天览明月。"览：通"揽"。

②五陵豪气：指高门贵族的豪迈气概。五陵：指西汉高祖、惠帝、景帝、武帝、昭帝的陵园。豪气：豪迈的气概；盛大的气势。元·关汉卿《包待制三勘蝴蝶梦》第三折："俺秀才每比那题桥人无那五陵豪气，打的个遍身家鲜血淋漓。"

后记：

2019 年 10 月 12 日晚，资环学院男子篮球队在西校区以 29：15 胜西校区与党群联队。

145

四零二八　小胜电气

2019 年 10 月 13 日

四海五湖①小见大，
零光片羽②胜摘瓜。
二分明月电石雨，
八窗玲珑③气如华。

注释：

①四海五湖：五湖四海。泛指全国各地。五湖：古人泛称分布于我国广大地区的几个大湖。四海：古以中国四境有海环绕，按方位分别为东海、南海、西海和北海，但亦因时而异，说法不一。《周礼·夏官·职方氏》：“其浸五湖。”《论语·颜渊》：“四海之内，皆兄弟也。”

②零光片羽：比喻珍贵事物的一小部分。片羽：传说中神马吉光的小片毛。喻指残存的少量珍贵品。黄远生《记者眼光中之孙中山（其三）》：“其所对北京内外记者所言，皆不过此三种政策之零光片羽。盖孙先生之乐观主义如此。”

③玲珑：指物体精巧细致。又指人灵巧敏捷。

后记：

2019 年 10 月 13 日，资环学院男子篮球队以 40：28 胜电气工程与自动化学院队。

146

三七三六　险胜信息

2019 年 10 月 17 日

三头六臂①险中求，
七行俱下②胜通幽③。
三场连胜信诸子，
六出奇计息洪流。

注释：

①三头六臂：三个脑袋，六条胳臂，原为佛家语，指佛的法相。后比喻人神通广大，本领出众。宋·普济《五灯会元·普昭禅师》："三头六臂擎天地，忿怒那吒扑帝钟。"

②七行俱下：读书同时读七行。比喻非常聪明。唐·李延寿《南史·宋本纪中》："少机颖，神明爽发，读书七行俱下，才藻甚美。"

③通幽：原指弯曲的小路，通到幽深僻静的地方。后来人们常使用此词来形容周围环境幽静、美好等。唐·常建《题破山寺后禅院》："曲径通幽处，禅房花木深。"

后记：

2019 年 10 月 17 日，资环学院男子篮球队以 37：36 险胜信息工程学院队。

147

有志事成　考研必胜

2019 年 11 月 29 日

有勇知方①考征绩，
志高报国研难题。
事预则立②必长久，
成风之斫③胜旌旗。

注释：

①有勇知方：有勇气且知道义。方：道义。《论语·先进》："子路率尔而对曰：'千乘之国……由也为之，比及三年，可使有勇，且知方也。'"

②事预则立：指无论做什么事，事前有准备就会成功，没有准备就要失败。《礼记·中庸》："凡事预则立，不预则废。"

③成风之斫：形容技艺高超。成风：轻快得像风一样。之：用在定语和中心词之间，组成偏正词组，表示一般的修饰关系。斫：用刀、斧等砍或削。唐·骆宾王《上梁明府启》："岂惟成风之斫，妙思通神；流水之弦，清音入听！"

后记：

2019 年 11 月 29 日，在逸夫楼 7 楼考研自习室为 2016 级考研同学开水果晚会，笔者在黑板上写此诗为同学们加油。同时写了以下内容：

有志（柚子）事（柿）成（橙），
频（苹）交（蕉）吉（橘）果。
雪里（雪梨）寻梅，
考研必胜（德芙+蛋糕+旺旺）。

148

祝高阳杜金洋永结同心

2019 年 12 月 13 日

高宇信阳永成双，
阳煦山立^①结凤凰。
金绣^②安远同庆日，
洋洋盈耳^③心留香。

注释：

①阳煦山立：像太阳那样暖和，像山岳那样屹立。比喻人性格温和，品行端正。阳煦：阳光温和。山立：像高山一样屹立不动。

②金绣：金丝刺绣。

③洋洋盈耳：美好洪亮的乐音充满耳朵。形容读书声或讲话声、乐曲声等悦耳动听。洋洋：盛大或众多的样子。盈：充满。南朝·梁·刘勰《文心雕龙·诏策》："自魏晋诏策，职在中书。刘放张华，互管斯任，施令发号，洋洋盈耳。"

后记：

2019 年 12 月 13 日，笔者手写此诗于逸夫楼，贺高阳、杜金洋新婚大喜。高阳是信阳人，杜金洋是安远人。

149

水温偏高　游不过瘾

2019 年 12 月 24 日

水碧山青^①游未寒，
温润而泽不羡潭。
扁舟一叶过江弈^②，
高人对局瘾头长。

注释：

①水碧山青：形容景色艳丽如画。水：江、河、湖、海的通称。唐·刘禹锡《洛中逢韩七中丞之吴兴口号五首（其四）》："骆驼桥上苹风起，鹦鹉杯中箬雨青。水碧山青知好处，开颜一笑向何人。"

②弈：古代称围棋或下围棋。

后记：

2019 年 12 月 24 日下午，笔者到章江浮桥游泳，觉得水不太冷，游得不过瘾，于江中作此小诗。

150

春节快乐　万事如意

2020 年 1 月 24 日

春回大地万芳华，
节转岁移①事业佳。
快心满志如春雨，
乐事劝功②意飞花。

注释：

①节转岁移：节令变易，年岁转换。唐·牛肃《纪闻·牛应贞》："今节变岁移，腊终春首。照晴光于郊甸，动暄气于梅柳；水解冻而绕轩，风扇和而入牖。"

②乐事劝功：指乐于从事所业，努力获得成效。乐：快乐。事：事情。劝：勉励。功：成就，成效。《礼记·王制》："无旷土，无游民，食节事时，民咸安其居，乐事劝功。"

后记：

2020 年 1 月 24 日，笔者写此诗放在资环学院新年献词开头。

151

三次创业　江理辉煌

2020 年 4 月 17 日

三春桃李江柳鲜，
次第①花开理工年。
创基②育人辉景③胜，
业峻鸿绩④煌熠⑤延。

注释：

①次第：依次。
②创基：创业。
③辉景：光彩，色泽。
④业峻鸿绩：功业高，成绩大。南朝·梁·刘勰《文心雕龙·原道》："夏后氏兴，业峻鸿绩，九序惟歌，勋德弥缛。"
⑤煌熠：犹辉熠。光辉照耀。

后记：

罗嗣海书记调任南昌航空航天大学党委书记，笔者作此小诗相赠。

152

院长书记　双岗防疫

2020 年 5 月 13 日

赵院刘宅双飞燕，
奎文①高云岗位坚。
陈书玲语防微渐②，
明记初心疫疠③远。

注释：

①奎文：奎章。泛指杰出的书法或文章。

②防微渐：防微杜渐。在坏事刚刚露出苗头时就加以防备和制止。防：戒备，预先做好应急的准备。微：细小，指坏事刚露头。杜：阻塞，堵塞。渐：征兆，苗头。晋·韦谡《启谏冉闵》："请诛屏降胡，去单于之号，以防微杜渐。"

③疫疠：瘟疫。

后记：

2020 年 5 月 13 日，在"资环学院主任群"看到张吉勇老师发的赵奎院长和陈明书记参加"志愿者值班"的照片，笔者在中午煮水饺时作此小诗。赵奎院长的爱人是刘明芳老师，陈明书记的爱人是赵玲老师。

153

戒网好学

2020 年 6 月 29 日

戒骄勤读五更鸡①，
网之一目②海缘溪。
好问决疑③成才早，
学如登攀泰山移。

注释：

①五更鸡：五更鸡鸣即起。古人形容勤读之语。

②网之一目：一个网眼的网。比喻没有实际的作用。汉·刘安等《淮南子·说山训》："有鸟将来，张罗而待之。得鸟者，罗之一目也。今为一目之罗，则无时得鸟矣。"

③好问决疑：喜欢向别人请教，以解决自己的疑难问题。

后记：

2020 年 6 月 29 日，针对有的同学喜欢上网玩游戏，笔者写此小诗鼓励同学们不玩游戏、努力学习和进行体育锻炼。

154

赠地质 2017 级同学

2020 年 6 月 30 日

翠浪古寺传风铃，
红霞新鸢①送好音。
章江波涌山河壮，
奉献地质家国情。

注释：

①鸢：隼形目鹰科多种猛禽的通称，别名老鹰、黑鸢。

后记：

2020 年 6 月 30 日，笔者带地质工程 2017 级同学到杨梅渡公园山上实习，看到无人机如鸢飞翔，翠浪塔风铃声声，临时口占一首。

155

吉勇李欢　天作之合

2020 年 9 月 29 日

吉日良辰[①]天彩云，
勇冠三军[②]作育林。
李桃争妍之味长，
欢苗爱叶[③]合同心。

注释：

①吉日良辰：吉利的日子，美好的时辰。原指祭祀所择的吉祥日。后多指结婚、出游等活动所选择的好日子。

②勇冠三军：勇敢为全军第一。形容勇猛无比。冠：位居第一。三军：古代军队分上、中、下三军，泛指军队。汉·李陵《答苏武书》："陵先将军功略盖天地，义勇冠三军。"

③欢苗爱叶：指欢乐恩爱的感情。

后记：

张吉勇和李欢结婚大喜，笔者作此小诗以贺。他俩于 2020 年 10 月 2 日在都昌老家举办婚礼。

156

玉强老师　育人楷模

2020 年 11 月 29 日

玉洁行芳育新妍①，
强毅果敢人称先。
老骥伏枥②楷索立，
师严道尊模范谦。

注释：

①新妍：代指学生。

②老骥伏枥：指衰老的骏马即使卧在马槽旁，心也向往着一日千里的飞奔。比喻人虽然年老，但仍然保持着雄心壮志、从不服输的斗志与精神。三国·魏·曹操《步出夏门行·龟虽寿》："老骥伏枥，志在千里。"

后记：

2020 年 11 月 29 日为刘玉强老师作。

157

资环学子　考研加油

2020 年 12 月 3 日

资赋①酬勤考绩骄，

环峙群峰研关桥②。

学如穿井③加速行，

子实满园油绿条。

注释：

①资赋：天资禀赋。

②关桥：指我国古代用人力绞盘转动的守城吊桥。

③学如穿井：求学如同凿井。比喻在学习当中，学到的知识越深也就越难，因此为了获得更深的学问，必须要有百折不挠的进取精神。宋·张君房《云笈七签·雷平山真人许君》："学道当如穿井，井愈深，土愈难出。若不坚心正行，岂得见泉源耶？"

后记：

2020 年 12 月 3 日，购买了橙子、柿子、苹果等水果和巧克力准备举行水果晚会，为 2017 级地质工程专业考研学生加油。此诗为写在逸夫楼 A625 考研自习室黑板上的藏头诗。笔者同时在黑板上写了以下一段话：

成(橙子)事(柿子)有(柚子)你，

频(苹果)交(香蕉)吉(橘子)运。

石(石榴)穿甘(巧克力等)来，

早(枣子)生(花生)硕果(桑葚)。

158

裴军令好　地质先锋

2020 年 12 月 11 日

裴公①剑舞②地撼天，
军刀光寒质敌前。
令行则明③先遣烈，
好梦常圆锋永坚。

注释：

①裴公：裴旻，唐代剑圣。

②剑舞：又称剑器舞，是唐宋时期的汉族舞蹈。因执剑器而舞，故名。

③令行则明：一有命令就立刻行动。形容执行命令、法令严格，雷厉风行。

后记：

2020 年 12 月 11 日，中国地质科学院研究员裴军令来资环学院讲学——裴老师长期奋战在野外地质一线。此诗为晚餐时笔者即兴而作。

159

一字至七字诗·游

2020 年 12 月 26 日

游，

柳翠，飞鸥。

羡鱼情，望江流。

酣畅淋漓，冰爽无愁。

吟风披巨浪，宝剑化指柔。

下水邀伴天日，上岸远观山楼。

汀兰狂沙淘沥尽，章江春来泛轻舟。

后记：

2020 年 12 月 26 日游章江，一是纪念毛泽东同志诞辰 127 周年，二是为考研学生加油助威。

160

牛年大吉　新春愉快

2021 年 2 月 11 日

牛渚泛月①新篇章，

年丰岁稔②春花香。

大展鸿图愉树木，

吉祥如意快意③扬。

注释：

①牛渚泛月：比喻巧遇才士。唐·房玄龄等《晋书·文苑传·袁宏》："宏有逸才，文章绝美，曾为咏史诗，是其风情所寄。……谢尚时镇牛渚，秋夜乘月，率尔与左右微服泛江。会宏在舫中讽咏，声既清会，辞又藻拔，遂驻听久之，遣问焉。答云：'是袁临汝郎诵诗。'即其咏史之作也。"

②年丰岁稔：年成好，庄稼大丰收。年：一年中庄稼的收成。丰：丰收。岁：年成。稔：庄稼成熟。

③快意：形容愉快畅快的心情。

后记：

2021 年 2 月 11 日，笔者写此诗放在资环学院新年献词开头。

161

牛年快乐　心想事成

2021 年 2 月 11 日

牛角挂书①心胸暖，

年壮气锐②想象广。

快马加鞭事如虹，

乐学勤耕成辉煌。

注释：

①牛角挂书：指牛角上挂着书。形容勤奋苦读。宋·欧阳修、宋·宋祁《新唐书·李密传》："闻包恺在缑山，往从之。以蒲鞯乘牛，挂《汉书》一帙角上，行且读。"

②年壮气锐：指年纪轻，气势旺盛。

后记：

2021 年 2 月 11 日上午，资环学院陈明书记、刘浩老师和笔者在逸夫楼 A608 慰问春节未回家的 11 位学生。笔者作此小诗祝学生牛年快乐。

162

地质一七　成功可期

2021 年 6 月 16 日

地肥水美^①成桃李，
质朴纯真功藏鲤。
一苇渡江^②可喜贺，
七彩霓虹期佳绩。

注释：

①地肥水美：比喻一个地方资源丰富，水土环境好。

②一苇渡江：达摩传说渡过长江时，并不是坐船，而是在江岸折了一根芦苇，立在苇上过江的。

后记：

2021 年 6 月 16 日晚，在地质工程专业 2017 级"赣纺——畅响 1969"毕业茶话会上，笔者致贺词，现场作此小诗送给学生。

163

校友联络　以你为荣

2021 年 6 月 17 日

校园芳草已郁葱，
友谊长青你迎风。
连横合纵[①]为报国，
络脉分明[②]荣劲松。

注释：

①连横合纵：犹合纵连横。指战国时期纵横家所宣扬并推行的外交和军事政策。公孙衍和苏秦曾经联合"天下之士合纵相聚于赵而欲攻秦"（《战国策·秦策三》），由公孙衍首先发起，由苏秦游说六国推动六国最终完成联合抗秦。秦在西方，六国在东方，因此六国土地南北相连，故称"合纵"；后秦国自西向东与各诸侯结交，自西向东为横向，故称"连横"。

②络脉分明：犹脉络分明。比喻事物有条理或有头绪。

后记：

2021 年 6 月 17 日，笔者参加资环学院组织的欢送 2021 届毕业生座谈会暨校友联络员聘任大会。此诗为在现场为毕业生联络员写的小诗。

164

曾捷老师　育人标兵

2021 年 6 月 29 日

曾岭高云育桃李，
捷报再传人心齐。
老成之见①标新逸，
师道尊严②兵马移。

注释：

①老成之见：老练而周到的见解。老成：阅历多而练达世事。见：对于事物的看法。明·冯梦龙《醒世恒言》卷十七："不想今日原从这着。可见老成之见，大略相同。"

②师道尊严：本指老师受到尊敬，他所传授的道理、知识、技能才能得到尊重。后用来指为师之道尊贵而庄严。

后记：

2021 年 6 月 29 日下午，学院召开曾捷老师从教 37 年经验交流暨光荣退休欢送座谈会。笔者在会上作此小诗送给曾捷老师。曾捷老师工作上非常细致，非常敬业，笔者在会上发言——"曾捷老师：兢兢业业、勤勤恳恳、踏踏实实、温温暖暖、开开心心"。

165

登弋阳望江楼

2021 年 7 月 10 日

望江楼上望山楼,
望山楼下望江流。
江山万里浩然气,
叠山精神①传九州。

注释:

①叠山精神:南宋民族英雄谢枋得,号叠山,以其忠贞不屈的民族气节和儒家风范而震古烁今,因其而建的叠山书院如同智慧的灯塔,在中华传统优秀文化的宝库里闪烁着耀眼的光芒。谢叠山与文天祥同科进士,同殿为臣,文天祥号文山,他俩被誉为南宋爱国志士的"二山",被视为我国历史上两座民族主义的精神丰碑。

后记:

2021 年 7 月 10 日,笔者参加学校组织的"上饶暑期学习班",参观叠山书院。此诗作于望江楼。

166

泽泻味美　莲子性平

2021 年 7 月 12 日

泽潭龙藏莲花落，
泻银①吐珠②子实多。
味甘如饴③性高洁，
美景良辰④平江波。

注释：

①泻银：泻出的水像银一样。

②吐珠：比喻报恩。据《淮南子·览冥训》"隋侯之珠"汉·高诱注载，隋侯见大蛇伤断，用药敷治，后蛇衔大珠来报。后因以"吐珠"喻报恩。

③味甘如饴：犹甘之如饴。指感到像糖那样甜。形容为了从事某种工作，甘愿承受艰难、痛苦。

④美景良辰：美好的景物和时光。

后记：

2120 年 7 月 12 日下午，笔者培训结束回赣，在广昌吃晚饭，席间一道菜中有泽泻，还有莲子排骨汤，温德新老师说要笔者以菜名写首藏头诗。

167

贺舒荣华黄李金鸿

2021 年 9 月 18 日

舒眉展眼^①黄道日，
荣谐伉俪李花香。
华星秋月金枝叶，
喜地欢天鸿双翔。

注释：

①舒眉展眼：眉眼舒展开来。心情舒畅的样子。宋·赵长卿《水龙吟·自遣》："遇当歌临酒，舒眉展眼，且随缘分。"

后记：

2021 年 9 月 18 日，资环学院舒荣华博士和黄李金鸿老师举行婚礼。笔者作此小诗以贺。

168

天道酬勤　研途成功

2021 年 12 月 4 日

天随人愿①研琢深，
道山学海②途香尘。
酬验真金成效著，
勤耕不辍③功自晨。

注释：

①天随人愿：上天顺从人的意愿。指事情正合自己的心愿。元·张国宾《相国寺公孙合汗衫》第三折："谁知天从人愿，到得我家不上三日，就添了一个满抱儿小厮。"

②道山学海：学识似天高、似海深。形容学识渊博。明·王世贞《鸣凤记》第二出："道山学海功非浅，孔思周情文可传。"

③勤耕不辍：勤劳耕耘而不停止。形容一个人很勤劳。

后记：

2021 年 12 月 4 日晚，为地质工程专业 2018 级学生举行考研加油水果晚会。笔者作此诗于黑板上。

169

一字至七字诗·花

2021 年 12 月 26 日

花，

铁骨，新芽。

白如雪，红似霞。

傲雪凌霜，香透天涯。

不争桃李艳，早春报万家。

玉瘦檀深水榭，冰寒月影窗纱。

一枝开尽千山翠，万里江山同芳华。

后记：

2021 年 12 月 26 日游章江，一是纪念毛泽东同志诞辰 128 周年，二是为考研学生加油助威。

170

虎年如意　春节快乐

2022 年 1 月 30 日

虎啸青山春锦绣，

年丰民和①节律柳。

如日方升快马跃，

意气风发②乐淘游。

注释：

①年丰民和：年成很好，百姓安居。和：和乐。春秋·左丘明《左传·桓公六年》："曰'洁粢丰盛'，谓其三时不害而民和年丰也。"

②意气风发：形容精神振奋，气概豪迈。

后记：

2022 年 1 月 30 日，笔者写此诗放在资环学院新年献词开头。

171

虎年大吉　万事如意

2022 年 1 月 30 日

虎跃龙腾①万春桃，
年华正茂事志高。
大展宏图②如虎翼，
吉星高照③意辉昭。

注释：

①虎跃龙腾：犹龙腾虎跃。像龙在飞腾，像虎在跳跃。形容威武有力，场面热烈。唐·严从《拟三国名臣赞序》："然则圣人受命，贤人受任。龙腾虎跃，风流云蒸，求之精微，其道莫不咸系乎天者也。"

②大展宏图：指放手实施宏伟的计划和设想。展：施展。宏图：宏伟的计划；远大的设想。唐·韩愈《为裴相公让官表》："启中兴之宏图，当太平之昌历。"

③吉星高照：吉祥的星高高照耀。古人认为这是诸事吉利顺心的预兆。比喻交好运，好事临门。吉星：指福、禄、寿三星。高照：高高照耀。明·谢谠《四喜记》第三十一出："连理枝荣，并头花好。天喜吉星高照，花烛喜承恩诏。"

后记：

2022 年 1 月 31 日上午，资环学院在红旗校区书香阁会议室为留校学生举办送温暖活动。笔者表演了吹口琴，并作此小诗，祝留校学生"虎年大吉，万事如意"。

172

江城子·韩总打鱼

2022 年 5 月 15 日

老韩威武名远扬，抄鱼网，震山梁。逐鱼江湖，奋辑起澜沧。波涛雪涌鏖战急，手落处，捉一双。

起身视手烟燃香，鱼目张。配葱姜，红烧下锅，大厨味先尝。三杯两盏酱香水，豪饮畅，话平常。

后记：

2022 年 5 月 15 日，看到老朋友韩周仁在朋友圈发的消息。他正在老家休闲、捕鱼，老韩左手持烟、右手执鱼网，站在水中，意气风发。笔者写此小词发给他。

173

资环应急　亲如一家

2022 年 6 月 26 日

孜孜不息①亲谊情，
环颜笑语如歌行。
应用自如一江水，
急流勇进家温馨。

注释：

①孜孜不息：指勤奋努力，不知疲倦。

后记：

2022 年 6 月 26 日，资环学院召开安全工程专业本科生搬迁动员大会，会议开始时饶先发书记要笔者发言，于是写此小诗作为发言小结。

174

厦门校友　江理骄傲

2022 年 7 月 24 日

厦屋①华屏江入海，
门墙桃李理迹才。
校名责实②骄骧逸，
友风子雨傲霜来。

注释：

①厦屋：大屋。晋·左思《三都赋·魏都赋》："厦屋一揆，华屏齐荣。"唐·白居易《有木诗八首(其八)》："匠人爱芳直，裁截为厦屋。"

②校名责实：按着名称或名义去寻找实际内容，使得名实相符。南朝·梁·简文帝《仪同徐勉墓志铭》："举直斥伪，校名责实，朝有进贤，野无遗逸。"

后记：

2022 年 7 月 24 日，笔者为江西理工大学厦门校友会而作。

175

祝贺余玥　前程似锦

2022 年 7 月 26 日

祝酒东风前门柳，
贺瑞①连绵程才秋。
余音缭绕②似鸿鹄，
玥珠③流彩锦添秀。

注释：

①贺瑞：指庆贺吉祥之事。

②余音缭绕：优美动听的音乐长久地回荡。形容悦耳的歌声或乐曲使人听了不能一下子忘掉。余音：指歌唱或演奏结束后，久久回旋在耳际的声音。缭绕：回环盘旋。《列子·汤问》："昔韩娥东之齐，匮粮，过雍门，鬻歌假食。既去，而余音绕梁㭋，三日不绝，左右以其人弗去。"

③玥珠：古代传说中的一种神珠。传说少昊出生时，有五色凤凰领百鸟集于庭前，此凤凰衔果核掷于少昊手中。忽然大地震动，穷桑倒地，果核裂开，一颗流光溢彩的神珠出现。众人大喜，寓为吉祥之兆，太白金星见其神珠皎如明月，亦是天赐君王之物，定名为"玥"，称少昊为"凤鸟氏"。其事迹载于《山海经》之中。

后记：

余新阳教授女儿余玥考上了西南财经大学，写此小诗以贺。

176

长风破浪 研海上岸

2022 年 12 月 5 日

长思远虑①研攻强，
风华正茂②海中航。
破竹建瓴上考场，
浪恬波静③岸花香。

注释：

①长思远虑：指长远打算。宋·苏轼《司马温公神道碑》："然古之人君，所以为子孙长计远虑者，类皆如此。"

②风华正茂：正是青春焕发、风采动人和才华横溢的时候。形容青年朝气蓬勃、奋发有为的精神面貌。风华：风采才华。正：正好，恰好。茂：喻丰富而美好。毛泽东《沁园春·长沙》："恰同学少年，风华正茂，书生意气，挥斥方遒。"

③浪恬波静：波浪不兴。比喻十分平静。宋·杜安世《蝶恋花》："任在芦花最深处，浪静风恬，又泛轻舟去。去到滩头遇侣伴，散唱狂歌鱼未取。"

后记：

2022 年 12 月 5 日晚，笔者买了巧克力、水果等到逸夫楼 A726，为地质工程专业 2019 级学生考研、就业加油。

177

一字至七字诗·浪

2022 年 12 月 26 日

浪，

暖阳，柳岸。

汇贡水，聚章江。

涎玉沫珠，碧波荡漾。

奋辑春潮起，渔歌青云上。

海纳百川东流，日出光耀潇湘。

惊涛卷起千堆雪，扬帆竞渡豪情壮。

后记：

2022 年 12 月 26 日游章江，一是纪念毛泽东同志诞辰 129 周年，二是祝考研学生成功。

178

二三同学　鹏程万里

2023 年 6 月 16 日

二龙腾飞鹏途翔，
三生有幸①程门强。
同育桃李万卷策②，
学以致用里程祥。

注释：

①三生有幸：三生都很幸运。形容运气机遇极好。三生：佛教语，指前生、今生、来生。幸：幸运。

②万卷策：形容读的书多，学识渊博。卷：书籍的册本或篇章。策：古代写字用的竹片或木片。

后记：

2023 年 6 月 16 日下午，资环学院召开毕业生交流座谈会。笔者在会上写此诗赠 2023 届毕业生。

179

矿加八四　天长地久

2023 年 10 月 20 日

矿物宝藏天资赋，
加工精细长识属。
八面来风①地尽利，
四海桃李久意如。

注释：

①八面来风：比喻来自各个方面的冲击或影响。

后记：

2023 年 10 月 20 日，矿物加工工程专业 1984 级校友回学院，在逸夫楼 A608 开座谈会。笔者在会上作此小诗以贺。

180

江理太极　青春弘毅

2023 年 11 月 4 日

江山如画青锦丽，
理不忘乱春旖旎①。
太古乾坤宏图展，
极情尽致②毅武帜。

注释：

①旖旎：轻柔的样子。多用来描写景物柔美、婀娜多姿的样子。

②极情尽致：尽情、彻底地表现出来。极情：尽情。尽致：达到极点。清·曹雪芹《红楼梦》第九十三回："果然蒋玉函扮着秦小官伏侍花魁醉后神情，把这一种怜香惜玉的意思，做得极情尽致。"

后记：

学校太极协会组织活动，笔者应肖璟老师之邀作此小诗以贺。

181

天道酬勤　研途似锦

2023 年 12 月 4 日

天随人愿研琢真，
道远知骥途辙深。
酬应如流^①似弦箭，
勤学善思^②锦绣春。

注释：

①酬应如流：应答如同流水一样流畅。
②勤学善思：勤奋学习，善于思考。

后记：

2023 年 12 月 4 日 19：00，在逸夫楼 A726 为地质工程专业 2020 级学生举行考研加油晚会。笔者在黑板上写此小诗。

182

一字至七字诗·江

2023 年 12 月 26 日

江，
卷雪，澜沧。
惊涛起，春雷撼。
风起云涌，碧波浩荡。
飞龙岛观柳，南河倚轩窗。
潮来力扬远帆，奋辑激逐骇浪。
韶山青松旭日升，神州大地书华章。

后记：

2023 年 12 月 26 日在章江冬泳时作此诗，一是纪念毛泽东同志诞辰 130 周年，二是祝考研学生成功。

183

赵一凡好　气度不凡

2024 年 1 月 18 日

赵普夜读①气如龙，
一马当先②度春风。
凡事精做③不二事，
好梦常圆凡愿虹。

注释：

①赵普夜读：形容对知识的渴望和对学习的执着，也反映了努力、刻苦的表现。赵普：北宋开国功臣，其"半部《论语》治天下"之说对后世很有影响，成为以儒学治国的名言。

②一马当先：指作战时策马冲锋在前。也形容走在前面带头。明·施耐庵《水浒传》第九十六回："即便勒兵列阵，一马当先，雷震等将簇拥左右。"

③凡事精做：所有的事情都用心去做。

后记：

2024 年 1 月 18 日，笔者在资环学院工作微信群中得知采矿新人赵一凡博士报到、入职，写此小诗在微信群中以贺。

184

龙行天下风生水起　春满人间国盛家兴

2024 年 2 月 9 日

龙马精神春来早，

行远自迩满腹章。

天水一色人杰地，

下学上达①间奏祥。

风光旖旎国安泰，

生意盎然盛世昌。

水秀山名家户乐，

起凤腾蛟②兴咏欢。

注释：

①下学上达：学习平常的知识，却能透彻理解高深的道理。

②起凤腾蛟：犹腾蛟起凤。宛如蛟龙腾跃，宛如凤凰起舞。比喻才华出众或大展才艺。唐·王勃《滕王阁序》："腾蛟起凤，孟学士之词宗。"

后记：

2024 年 2 月 9 日，笔者写此诗放在资环学院 2024 年新春献词开头。

图书在版编目（CIP）数据

诗话地质／陈飞著. --长沙：中南大学出版社，
2024.12.

ISBN 978-7-5487-6139-6

Ⅰ. I227；P5

中国国家版本馆 CIP 数据核字第 20242PY233 号

诗话地质

陈飞　著

□出 版 人　林绵优
□责任编辑　刘颖维
□责任印制　唐　曦
□出版发行　中南大学出版社

社址：长沙市麓山南路　　　邮编：410083

发行科电话：0731-88876770　　传真：0731-88710482

□印　　装　湖南省众鑫印务有限公司

□开　　本　710 mm×1000 mm 1/16　□印张 13　□字数 168 千字
□版　　次　2024 年 12 月第 1 版　　□印次 2024 年 12 月第 1 次印刷
□书　　号　ISBN 978-7-5487-6139-6
□定　　价　78.00 元